Petra Hahn-Lütjen (Hrsg.)

24+2 WEIHNACHTS *Licht* GESCHICHTEN

BRUNNEN
Verlag GmbH · Giessen

Für

....

von

....

mit besten Wünschen

*Petra Hahn-Lütjen, J*ournalistin, Autorin und Herausgeberin, freut sich als „Hebamme für Bücher“ über die jahrelange und immer wieder schöne Zusammenarbeit mit Autorinnen und Autoren wie den in diesem Advents- und Weihnachts-Lesebuch versammelten. Als Referentin ist sie zu Veranstaltungen und Lesungen unterwegs, zur Adventszeit auch mit „LichtGeschichten“.

Die *24+2 WeihnachtsLichtGeschichten* sind auch *als Hörbuch* erhältlich, gesprochen von Ute Heuser-Ludwig und Andreas Odrich.
ISBN 978-3-7655-8720-7

Weitere Geschichtenbücher von Petra Hahn-Lütjen im BRUNNEN Verlag:
Kleine *Glücks*Geschichten, gebunden, Gießen 2018
*DankeSchön*Geschichten, Gießen, 2. Aufl. 2020
*Geburtstags*Geschichten, Gießen 2018
*RosenBlüten*Geschichten, Gießen 2020
Weihnachts*Gruß*Geschichten, Gießen 2016
Weihnachts*Schmuck*Geschichten, Gießen 2. Aufl. 2012

MIX
Papier aus verantwortungsvollen Quellen
FSC® C014496

Projektleitung und Lektorat: Petra Hahn-Lütjen
Umschlagmotiv: Adobe Stock
Umschlaggestaltung: Daniela Sprenger
Satz: DTP Brunnen
Herstellung: GGP Media GmbH
ISBN 978-3-7655-0767-0
www.brunnen-verlag.de

Inhalt

1

Willi Näf

Esel reiten mit achtzig

Ja, es war eine dumme Idee gewesen. Josef brummte. Maria hatte recht gehabt. Wie immer. Wer mit bald achtzig Jahren noch auf einen Esel steigen wolle, hatte sie erklärt, sei selber einer. Josef hatte auf sie gehört und es bleiben lassen. Doch nachdem Maria diese Welt für immer verlassen hatte, hatte Josef sich schließlich doch aufgemacht, um noch einmal nach Bethlehem zu reiten.

Licht! So ein Licht!

Mit offenem Mund staunte Josef in den nächtlichen Himmel hinauf. Noch nie in seinem Leben hatte er so viele Sternschnuppen auf einmal gesehen. Ein Regen aus Licht. Wunderschön!

Natürlich wusste Josef, woher die Sternschnuppen kamen. Sternschnuppenschauer entstanden, wenn die Engel im Himmel beim Staubwischen die Himmelstüre offen ließen.

Josef konnte sich kaum sattsehen. Wie oft hatten Maria und er miteinander ihr kleines Haus in Nazareth gekehrt, hatten den Staub in den Sonnenstrahlen tanzen lassen und gelacht dazu. Bestimmt wischten die Engel den Himmel, weil Maria sie darum gebeten hatte. Um ihn unten auf der Erde mit einem Lichterregen aufzumuntern.

Ächzend rieb Josef sich seinen schmerzenden Rücken. Natürlich hatte Maria recht gehabt. Man reitet nicht mit achtzig Jahren auf einem schlecht gelaunten Maultier nach Bethlehem. Und man fällt nicht in der Abenddämmerung kurz vor der Ankunft vor Müdigkeit herunter und wird dann von seinem treulosen Vierbeiner am Wegesrand sitzen gelassen.

Josef hatte keine Ahnung, wie er es nun bis zum Stall schaffen sollte. Er wollte doch bloß noch einmal mit der Hand über die Krippe streichen, um dann friedlich und in der Gewissheit heimzukehren, dass alles wirklich geschehen war. Sein Herzensgedächtnis war nicht so groß wie das von Maria, die all seine Zweifel stets mit einem Lachen vom Tisch gewischt hatte.

„Du fehlst mir", flüsterte Josef, während die letzten Sternschnuppen erloschen.

„Dann trifft es sich ja gut, dass ich vorbeikomme", lachte eine glockenhelle Stimme. Erschrocken wandte Josef sich um. Hinter ihm stand eine junge Frau, neben sich Josefs Maultier.

„Ist das euer Freund?"

„Nicht wirklich", brummte Josef. „Seit er mich abgeworfen hat, ist unsere Freundschaft etwas abgekühlt."

Die Frau lachte. „Wohin des Weges?"

„Nach Bethlehem. Ich heiße Josef."

„Und ich heiße Maria."

„Maria? Wirklich?"

„Wirklich. So kommt, lasst uns gemeinsam gehen, es ist spät."

Josef war ein wenig aufgeregt. Natürlich, Maria war ein sehr geläufiger Name. Aber sie kam ihm auch bekannt vor. Spielte sein Herzensgedächtnis verrückt?

Bethlehem geriet bald in Sichtweite.

„Wollt ihr hier übernachten?", sagte Maria und deutete auf das erste Haus. Es war die Herberge. Josef schüttelte den Kopf.

„Nein, hier keinesfalls. Mich zieht es an eine andere Stätte, nicht weit von hier."

„Wie ihr wollt." Maria lachte. „Falls euer Maultier euch noch einmal abwirft, wisst ihr ja, wo ihr mich findet. Gute Nacht."

Und noch bevor Josef etwas erwidern konnte, war Maria in der Herberge verschwunden.

Wenig später stand Josef vor dem Stall. Sein Herz sprudelte. Fünfzig Jahre waren vergangen, und doch war alles wieder da. Der Stern, die Weisen, die Hirten, seine Maria mit dem kleinen Jesus, die er so sehr vermisste.

Josef betrat den Stall und tauchte ein in die feuchte Wärme. Drei Schafe lagen beieinander und schliefen. Auf dem Rand der Krippe flackerte eine kleine Öllampe, daneben saß ein uralter Mann mit einem langen weißen Bart im Stroh und sah ihn verwundert an.

„Darf ich mich zu euch gesellen?“, fragte Josef.

Der Mann nickte, und Josef ließ sich ächzend ins Stroh fallen.

„Es gäbe eine Herberge im Dorf“, bemerkte der Bärtige.

Josef schüttelte den Kopf. „Mein Herz hat mich hierhergezogen.“

Wieder nickte der Bärtige. „Ja, der Stall des Heilands …“

Die zwei alten Männer hingen ihren Gedanken nach.

„Die Herberge“, murmelte der Bärtige unvermittelt, „die Herberge war an jenem Abend nicht voll.“

Josef sah ihn verwundert an.

„Der Wirt fürchtete, das Kind würde bei ihm auf die Welt kommen“, fuhr der Alte traurig fort, „und das machte ihm Angst. Am nächsten Tag sprach das ganze Dorf davon, dass im Stall der Messias geboren sei. Und der Wirt war für den Rest seines Lebens nur noch der Wirt, der den Messias abgewiesen hatte.“

„Das muss schwer gewesen sein“, sagte Josef.

„Großvater!“, rief eine glockenhelle Stimme. Maria streckte ihren Kopf durchs Stalltor. „Dachte ich’s mir doch, dass ich dich hier finde. Oh, sieh an, Josef! Wollt ihr nicht doch in unsere Herberge kommen? Wir haben wirklich noch Platz!“

Der Bärtige starrte Josef an. „Josef – von Nazareth?“

Josef nickte.

Die Stimme des Bärtigen zitterte. „Seit Jahrzehnten komme ich in den Stall des Heilands, wenn mein Herz schwer wird. Finde ich heute meinen Frieden?“

„Bestimmt“, erwiderte Josef, „und nicht nur du, glaube ich.“

„Unsere Tochter führt jetzt die Herberge“, sagte der Bärtige, während er sich schnäuzte, „zusammen mit unserer fröhlichen Enkelin.“ Er deutete auf Maria. „Beide heißen Maria, in Erinnerung an deine Frau.“

„Und beide haben keine Angst vor großen Aufgaben!“, lachte Maria. „Ich zum Beispiel sammle alte Männer vom Wegesrand ein und helfe ihnen wieder auf ihre Maultiere.“

Josef erhob sich aus dem Stroh. „Nun weiß ich, an wen du mich erinnert hast. An deine Großmutter, die uns damals sagte, die Herberge sei voll.“

„Heute“, sagte der Bärtige und sah Josef lange an, „heute sei bitte unser Gast.“

Mitternacht war vorbei, als die drei sich zusammen auf den Weg zur Herberge machten. Josef sah zum Himmel hinauf und lächelte: „Na, was sagst du nun? Gut, dass ich noch mal losgeritten bin, was?“

„Schaut mal“, rief Maria fröhlich und deutete nach oben, „noch eine letzte Sternschnuppe! So ein Licht!“

2

Ursula Schröder

Rembrandt und ich

„Licht! So ein Licht!“, ruft Herr Döring. „Genau diese Wirkung möchte ich haben! Sehen Sie das groß genug auf Ihrem Bildschirm, Sonja? Oder soll ich es Ihnen als Kunstdruck schicken?“

„Nicht nötig“, sage ich. „Ich weiß, was Sie meinen. Morgen maile ich Ihnen einen Entwurf zu.“

Gut, dass wir am Telefon sind, da kann er mein abschätziges Augenrollen nicht sehen. Was denkt er sich eigentlich? Traut er mir nicht zu, dass ich anhand seines Beispiels verstehe, was er meint?

Jedes Mal macht er das mit mir. Er behandelt mich so herablassend, als wäre ich ein dummes Kind. Als wäre es eher Glückssache als Können, wenn ich für seine Zeitschrift einen Auftrag so abliefere, wie er ihn haben will. Wäre er nicht ein regelmäßiger Kunde mit einer Menge Einfluss in der Branche, ich hätte ihn längst abserviert. Aber das kann ich mir als Freiberuflerin nicht leisten.

Zähneknirschend mache ich mich an die Arbeit. Er möchte eine Krippenszene für den Titel der Weihnachtsausgabe, eigentlich ein reizvoller Auftrag. Es soll eine moderne Darstellung sein, und er hat sich überlegt, dass das Licht zentral von der Krippe ausgehen soll. Wie bei dem Gemälde von Rembrandt, das er mir gerade per E-Mail geschickt hat. Im typischen Stil des Meisters ist es eine dunkle Szene, in der sich Leute um die Heilige Familie scharen. Sie tragen Laternen, aber das sind matte Funzeln im Vergleich zu dem

Licht, das von dem Kind ausgeht. Es strahlt auf Maria, auf Josef und auf alle, die sich in einer Mischung aus Neugier und Ehrfurcht hier versammelt haben.

Ich hätte auch ohne Herr Dörings endlose Vorträge gewusst, worum es geht. Ich bin durchaus in der Lage, so ein Bild zu gestalten. Und er weiß, dass ich das kann, sonst hätte er mich gar nicht beauftragt.

Aber etwas bremst mich aus. Ich bin noch so wütend auf Herrn Döring, dass es mir schwerfällt anzufangen. Spontan wünsche ich ihm, dass ihm jemand ordentlich eins auf die Nase gibt. Oder dass ihm ein Kunde auch mal so richtig einen reinwürgt. Das tut dann nicht körperlich weh, schmerzt aber trotzdem. Es geschähe ihm recht.

Vielleicht sollte ich erst mal zur Ruhe kommen? Mein Blick fällt erneut auf das Gemälde auf meinem Monitor. Ich weiß nicht viel über Rembrandt. Diese Epoche der Malerei hat mich nie besonders interessiert, und den Kult darum finde ich geradezu abstoßend. Vielleicht ist es einfach der Neid einer Künstlerin, die auch gern so berühmt wäre? Dem großen Maler hat sein Ruhm nicht viel genützt. Seine Frau und alle seine Kinder musste er begraben. Er selbst starb in Armut, während seine Gemälde heute Millionen wert sind.

Immer noch missmutig lege ich mir meine Materialien zurecht. Seufzend fange ich mit der Zeichnung an, aber ich merke sofort, das klappt nicht. Ein neuer Anlauf – wieder nichts. Dabei habe ich doch eine klare Vorstellung, wie es werden soll! Ich bin ein Profi, ich kann das! Und ich habe es für morgen versprochen!

Ich werde sauer und frustriert. Licht! Blödes Thema. Blöder Auftrag. Döring, du arroganter Knaller! Ich bin nicht Rembrandt! Ich bin Sonja, die Grafikdesignerin! Ich bin … Plötzlich, so als hörte ich eine dieser Ankündigungen am Flughafen, schießt mir ein Satz durch den Kopf: „Du bist das Licht der Welt!“

Fast fällt mir vor Verblüffung der Stift aus der Hand. Nein, es war keine menschliche Stimme, und doch kam das irgendwo her; es war jedenfalls nicht einfach eine gedankliche Assoziation von dem Wort „Licht“ zu dieser bekannten Bibelstelle. So etwas habe ich noch nicht erlebt. Hat Gott da gerade eine Botschaft geschickt?

Mir doch nicht! Ja, die Weihnachtsgeschichte ist voll davon: Maria wird von einem Engel besucht, Josef hat einen Traum, die Hirten begegnen den himmlischen Heerscharen. Das gehört alles zu einem Plan. Gott brauchte diese Leute als Mitarbeiter, als Zeugen. Aber wozu braucht er mich?

Bin ich das Licht der Welt? Oder funzele ich nur wirkungslos vor mich hin? Verwundert schüttele ich den Kopf. Ich sehe noch einmal die letzte Stunde vor mir – meinen nachtragenden Missmut, meinen verletzten Stolz und meine Überheblichkeit, meine hässlichen Gedanken. Kein Wunder, dass daraus kein leuchtendes Bild entstehen kann!

Dabei schenkt Gott mir doch jetzt gerade eine großartige Möglichkeit: eine Illustration zu gestalten für eine Zeitschrift, die viele Menschen in den Händen halten werden. Ich war noch nie ein großer Redner, ich tauge vermutlich weder zur Missionarin noch würde aus mir eine zweite Mutter Teresa. Aber ich kann mit Papier und Farbe umgehen. Ich kann mit ein paar sparsamen Strichen diese Krippe darstellen und weiß plötzlich genau, wie ich die Farben verwenden muss, um den gewünschten Effekt zu erreichen.

Mehrere Stunden arbeite ich konzentriert an meinem Auftrag. Auf einmal geht es ganz leicht, denn nicht mehr Herr Döring befindet sich im Mittelpunkt meiner Gedanken, sondern das neugeborene Kind – Jesus, von dessen wahrer Bedeutung viele Menschen gar nichts wissen. Vielleicht, hoffentlich, erkennt man auch auf meinem Bild seine Strahlkraft für diese Welt. Morgen kann ich es an Herrn Döring schicken. Ich freue mich schon darauf.

3

TITUS REINMUTH

Aufgetaucht

Licht, so ein Licht! Ich hole Luft, ganz tief, zwei, drei Mal. Mein Herz pocht. Ich bin völlig außer Atem. Ich kneife die Augen zusammen, so blendet die Sonne. Wie weit bin ich wohl getaucht? Zwanzig Meter, fünfundzwanzig? Meine Füße tasten, ich kann stehen. Es ist nicht weit zum Ufer. Da ist ein Strauch, ein paar Äste ragen ins Wasser, ich halte mich fest. Ich bin noch immer geblendet, wenn ich hinübersehe zum Ufer auf der anderen Seite des Flusses. Da stehen die anderen. Sie sind ganz aufgeregt. Alle schauen Richtung Brücke. Keiner sieht mich hier. Direkt unter der Brücke tauchen auf einmal zwei von den großen Jungs auf, sie rufen meinen Namen, wieder und wieder.

Plötzlich wache ich auf. Ein Traum. Es ist nur ein Traum. Karla beugt sich über mich, die Hand vorsichtig auf meine Schulter gelegt. „Hast du geträumt? Ist alles gut?"

„Ja, geht schon. Hast du mich geweckt? Meinen Namen gerufen?"

„Ja, du hast so heftig geatmet. Ein Albtraum?"

„Verstehe. Nein, nicht so schlimm. Danke, es ist schon gut. Nur ein Traum." Ich drehe mich auf den Rücken, atme tief durch und versuche zu verstehen. Was war das? Was soll das bedeuten?

Gut, es gab da neulich diesen Film. Freitagabend, ich war noch nicht müde. Irgendeine „Coming of Age"-Geschichte, etwas langsam erzählt, aber gut. Genau richtig, um runterzukommen. Es ging um eine Jugendgang in den Sommerferien, irgendwo in Südfrankreich an einem Fluss. Einer ist das erste Mal dabei, er wirkt etwas schüchtern. Aber er traut sich und kommt zu den anderen dazu. Dann gibt es diese eine Szene: Einer von den großen Jungs geht auf die hohe Brücke. Es sind vielleicht sechs oder acht Meter über dem Wasser. „Trau dich!“, rufen die andern. Und dann springt er. Macht sogar einen Salto und landet mit einem großen Klatsch im Wasser. Alle jubeln, als er wieder auftaucht und an Land schwimmt. Jetzt ist der Neue dran. Er will dazugehören. Das ist wohl eine Art Mutprobe. „Na los, jetzt du! Geh nach oben!“ Er geht, steht am Rand der Brücke, schaut nach unten, zögert.

„Noch ein bisschen weiter nach rechts!“, rufen die anderen. Vorsichtig macht er noch ein paar kleine Schritte zur Seite, die Hände fest am Geländer hinter sich.

„Traust du dich nicht? Mach schon!“

Er guckt zu den andern, er guckt nach unten und dann springt er. Das Wasser schlägt über ihm zusammen, die andern jubeln. Doch dann: Wo ist er? Er taucht nicht wieder auf. Die andern rufen seinen Namen, zwei springen ins Wasser, schwimmen zur Flussmitte, rufen, tauchen. Nichts. Dann zeigt ihn die Kamera am Flussufer, rechts, bestimmt zwanzig Meter weiter. Vorsichtig reckt er den Kopf aus dem Wasser. Er grinst. Ist einfach die ganze Strecke unter Wasser geblieben. Abgetaucht und wieder aufgetaucht. Kopfschütteln und Erleichterung, als die andern ihn sehen. Er hat's geschafft. Und wie!

Habe ich das einfach nachgeträumt? Warum?

Diese eine Szene meldet sich bei mir nachts um halb drei zurück. Einen Tag vor Weihnachten, ausgerechnet. Ich könnte etwas Schlaf gebrauchen. Aber mein Gehirn spült mir diese Bilder nach oben und sagt: Guck dir das noch mal an! O. k., ich gucke. Ich sehe mich vor meiner Krankheit. Vor genau zwölf Monaten. An Heiligabend hat es angefangen. Ich stehe unter der Dusche und taste diese Schwellung. Was soll das sein? Ich habe Angst. Ich traue mich nicht, davon zu erzählen. Das verdirbt uns noch das ganze Fest. Also behalte ich es für mich. Jetzt liege ich wach, und plötzlich ist alles wieder da. Weihnachten vor einem Jahr: Frühstück, Baum schmücken, Gottesdienst. Ente, Rotkohl, Kerzenschein. Musik, Geschichten und „Fürchtet euch nicht!“. Von wegen. Am ersten Weihnachtstag nach der Bescherung habe ich mich getraut und von der Schwellung erzählt. Dann folgt alles Schlag auf Schlag: der Arzttermin zwischen den Jahren, das CT, die Operation, die Diagnose. Behandelbar, sagen die Ärzte, immerhin. Aber erst mal ist die Krankheit da. Ich kann nicht mehr zurückgehen, kann nicht einfach runter von der Brücke zurück ans Flussufer. Ich kann nicht sagen: „Lass mal, ich will nicht, ich trau mich doch nicht.“ Ich muss springen. Ich muss Vertrauen haben. Es gibt überhaupt keine andere Wahl.

Das ist die Verbindung zu dem Jungen auf der Brücke. Ein Sprung ins Ungewisse. Chemotherapie, Antikörper, das volle Programm. Doch anders als im Film dauert dieser Sprung eine kleine Ewigkeit. Neun Monate Therapie, Strapazen, Gottvertrauen. Am Ende eine Reha. Ich kann mir überlegen, wo ich eigentlich wieder auftauchen will. Genau da, wo ich losgegangen bin? Alle jubeln: „Da bist du ja wieder! Toll, dass du es geschafft hast!“ Als wäre nichts gewesen? Nein, ich nutze die Zeit. Ich tauche ab, denke nach, führe Gespräche. Muss das Leben so weitergehen? Genauso, wie es bisher war? Ich mache Schwimmzüge unter Wasser, ganz für mich alleine. Und dann, wenn ich so weit bin, tauche ich wieder auf. Anderswo. Erfrischt und in hellem Licht. Mit einem Lächeln. Bin ich schon so weit?

4

Schwester Teresa Zukic

Malek und der König im Scheinwerferlicht

Licht! So ein Licht!

Völlig außer Atem bremst er vor der Klassentür. Wie jeden Tag ist er über den inzwischen leeren Schulhof gerannt, hat mehrere Treppen übersprungen und versucht, die Zeit einzuholen. Jetzt im Advent ist es besonders schlimm!

Er packt seine Schultasche fester. Schnappt gekrümmt nach Luft. Der Schweiß rinnt ihm in die Augen. Er wischt ihn mit seinem feuchten Jackenärmel ab, auch die zwei Tränen.

Noch einmal holt er tief Luft. Er weiß genau, was jetzt passiert – denn er ist wieder zu spät.

Nur leise klopft er und wartet auf das „Herein".

Alle Augen sind auf ihn gerichtet. Mit gesenktem Kopf läuft er am Lehrer vorbei. Nur einen kurzen Moment wagt er ihn anzuschauen. Er sieht dessen Enttäuschung. Und Verachtung? Auf das Grinsen seiner Klassenkameraden achtet er nicht mehr, als er zu seinem Platz geht. Er lässt alles an sich abprallen, so scheint es, seine traurigen Augen starren auf den Boden. Selbst wenn er wollte, könnte er es niemandem erklären. Sie würden es sowieso nicht verstehen … oder ihn wieder wegen seiner Aussprache auslachen. Wie lange geht das schon so? Wie lange ist er schon hier?

Er hat vieles verdrängt und kann sich nur noch schwer an die

Flucht aus Syrien erinnern. Als ihr Schlauchboot kenterte, hatte sein Vater ihn und seine Mutter stundenlang über Wasser gehalten, bis das Rettungsschiff kam, dann ließ er völlig entkräftet los und versank.

Malek lässt sich von seiner Mutter immer und immer wieder die Geschichte erzählen und wie mutig sein Vater war. Dann weinen sie zusammen. So mutig wie sein Vater will er auch werden.

Als der Wecker am nächsten Morgen klingelt, will Malek am liebsten liegen bleiben, aber er hört seine Mutter rufen. Eilig springt er aus dem Bett, rennt ins Bad und in Nullkommanichts ist er angezogen. Als er die Schlafzimmertür seiner Mutter öffnet, lächelt sie ihm entgegen, wie jeden Morgen. O wie herrlich ist dieses Lächeln! Als hätte sie es die ganze Nacht nur für ihn aufgespart und mit ihrer ganzen Liebe getränkt. Es ist ein Licht in seiner Dunkelheit. Nie fühlt er sich geborgener als in diesen Augenblicken. Nachdem er seine Mutter angezogen hat, hilft er ihr in den Rollstuhl, legt ihr seinen Schulranzen auf die Knie und fährt sie zum Aufzug.

Er könnte heute eine Abkürzung nehmen, dann würde er sicher nicht zu spät kommen, aber er weiß, was es seiner Mutter bedeutet, den Weg über den Marktplatz zu nehmen. Wie herrlich weihnachtlich glitzert es dort von überallher! Vor der großen Krippe vor der Kirche bleiben sie stehen. Wie jeden Morgen. Die Augen der Mutter leuchten im Schein des Jesuskindes, das hell beleuchtet ist. „Jesus war ein König und wurde bedroht, so wie wir. Wir mussten wegen unserem Glauben fliehen."

Malek nickt, er kennt alle Geschichten, vor allem die vom Jesuskind. „Habt ihr mich deshalb Malek genannt?" Er weiß um die Bedeutung seines Namens, aber nichts in seinem Leben empfindet er als königlich. Und viel von einem König hat dieses Jesuskind doch auch nicht, denkt er, wieso musste es sonst in einem Stall zur Welt kommen? Wieso nicht in einem herrlichen Palast? Das versteht Malek ganz und gar nicht.

„Du darfst dir etwas vom Christkind zu Weihnachten wünschen“, sagt die Mutter zärtlich. „Ich weiß“, antwortet Malek leise, „aber du weißt, ich habe nur einen Wunsch. Dass du gesund wirst.“ Etwas anderes traut er sich nicht vom Jesuskind zu erbitten.

Aber tief in seinem Herzen hat er tatsächlich einen Wunsch, den er nicht mal zu denken wagt, geschweige denn auszusprechen. Er will einmal im Licht stehen. Genauer gesagt im Scheinwerferlicht. Am letzten Schultag vor Weihnachten werden alle Schüler in die Aula bestellt und ein Kind wird immer nach vorne auf das aufgebaute Podest gerufen. Ein Scheinwerfer ist auf die Bühne gerichtet so wie hier beim Jesuskind. Für eine besonders gute Tat wird die Schülerin oder der Schüler dann gelobt und beschenkt. Alle klatschen für den „Helden“ oder die „Heldin“. Nur einmal da oben stehen, denkt Malek, nur einmal Anerkennung bekommen, einmal seinen Namen hören, einmal im Licht stehen.

Als die Kirchturmuhr schlägt, wacht er aus seinem Tagtraum auf. „Wir müssen los, Mama.“

Er schiebt den Rollstuhl weiter und muss über die holprigen Pflastersteine seine ganze Kraft einsetzen.

Sie werden schon erwartet. Eine Frau aus der Kirchgemeinde, die sich liebevoll um seine Mutter kümmert, bis er aus der Schule kommt, steht vor ihrer Haustür.

Malek grüßt kurz, gibt der Mutter einen Kuss, schnappt sich die Schultasche und rennt los.

Den Mann, der unweit der Krippe stand, hatte er nicht bemerkt. Es war sein Lehrer. Sein Fahrrad, mit dem er jeden Tag zur Schule fuhr, hatte gerade heute einen Platten, er musste absteigen und kam so langsamer und später als sonst über den Marktplatz.

Der Mann erkennt Malek sofort und beobachtet, wie er eine Frau im Rollstuhl über den Platz schiebt und in die nächste Straße einbiegt. Er folgt ihm. Als er an den beiden Frauen vorbeikommt, hört er, wie sie sprechen. „Dein Sohn ist für mich ein Held.“

Die Frau im Rollstuhl erwidert: „Wie sein Vater."

Am letzten Schultag ist die ganze Schule in der Aula versammelt. Malek setzt sich, wie so oft, in die letzte Reihe. Nach einigen Liedern der Schulband, einem witzigen Dialog der Theatergruppe und der Ansprache des Direktors tritt sein Lehrer an das Pult und beginnt. „Nun kommen wir zum Helden oder zur Heldin dieses Schuljahres."

Alle Kinder fangen an zu tuscheln und sind aufgeregt. Der Lehrer spricht weiter. „In diesem Jahr ehren wir einen Schüler, der nicht nur eine gute großartige Tat getan hat, sondern jeden Tag eine solche Tat tut. Lieber Malek, bitte komm auf die Bühne."

Hat er Malek gesagt? Alle Schüler drehen sich um und schauen ihn verwundert an. Malek erschrickt und merkt, wie er zittert. Nur zögernd geht er nach vorne. Wäre ich doch nur der Ochs oder der Esel im Dunkeln des Stalles, schießt es ihm durch den Kopf. Ihm wird schlecht. Er zögert, die Treppe hinaufzusteigen. Der Lehrer nickt ihm ermutigend zu.

Malek schließt seine Augen. Da spürt er einen tiefen Frieden und hört, wie ihm das Jesuskind sagt: „Trau dich, Malek. Du hast es verdient. Du bist mein Königskind."

5

Fabian Vogt

Nikolausig kalt

Ein eisiger Windhauch ließ mich zusammenfahren. Es roch nach Schnee, und meine Tochter schaute mich ziemlich gehetzt an: „Du, Papa, ich muss wieder rein, damit die Kinder nichts merken. Am besten stellst du dich hier hinter die Tanne. Warte mal … oh, das ist blöd …“

Sie schob mich energisch nach hinten. „Ja, du musst dich ganz eng an den Zaun drücken, sonst guckt dein knallroter Bauch raus.“

Ich seufzte. „Sag mal, Andrea, was denkst du, wie lange ich hier im Garten rumhängen muss? In der Kälte? Ich meine: Es ist minus drei Grad. Und es zieht wie Hechtsuppe. Außerdem kann man ja unter dieses dämliche Nikolauskostüm leider keine Winterjacke anziehen. Soll ich dir was sagen: Meine Zehen sind jetzt schon schockgefrostet.“

Meine Tochter schaute auf die Uhr. „Es ist fünf vor sechs. Und es fehlen nur noch zwei Freunde von Tobi. Die müssten aber jeden Moment hier sein. Sobald alle im Wohnzimmer sitzen, gebe ich dir das vereinbarte Zeichen. Und dann kommst du mit einem kräftigen Ho-Ho-Ho durch den Garten zur Terrassentür gestapft.“

Ich rollte mit den Augen. „Wie soll ich denn dein Zeichen sehen, wenn ich mich hier so verkrampft hinter diesen Baum quetschen soll? Von hier aus habe ich echt keine Chance, irgendein Winken zu bemerken.“

Andrea schüttelte sich: „Du hast recht: Es ist echt ganz schön kalt hier draußen. Pass auf, wenn es so weit ist, gehe ich hoch in den ersten Stock, öffne das Fenster im Bad und ahme den Ruf eines Käuzchens nach. So …"

Sie legte die Hände an den Mund und gab ein Geräusch von sich, das nach einer asthmatischen Seekuh klang, die ziemlich bald verenden würde.

Ich unterdrückte ein Lachen. „Ist gut. Das werde ich vermutlich erkennen. Und jetzt sag mir bitte noch mal: Warum muss ich bei diesem Mistwetter durch euren vermatschten Garten hüpfen? Obwohl ihr eine Eingangstür habt? Wäre die nicht deutlich einladender für den Überbringer der Nikolausgeschenke?"

Meine Tochter legte die Arme um ihren Oberkörper, um sich zu wärmen: „Tobi hat mich halt neulich gefragt, wie der Nikolaus zu uns kommt. Und da habe ich ihm … dummerweise erzählt, dass der Nikolaus mit seinem Schlitten direkt dahinten auf dem Feldweg landet. Ja, das war blöd improvisiert … aber jetzt hat er all seinen Kumpels aus dem Kindergarten erzählt, dass es bei uns ein großes Nikolausfest gibt, bei dem der Nikolaus quasi wie ein Superheld auf geheimnisvolle Weise in unserem Garten auftaucht."

Sie gab mir einen Kuss auf die Wange. „Toll, dass du ihm als sein Opa diesen Wunsch erfüllst und den Nikolaus für ihn spielst. Das wird er bestimmt sein ganzes Leben nicht vergessen. Und dich bringt es nach dem Tod von Mama auch mal auf andere Gedanken."

Nein, diesen Abend werde ich auch nicht vergessen, dachte ich, als meine Tochter davonlief. Und fing direkt an zu zittern. Es war so dermaßen frisch hier im Freien. Außerdem bestand der blickdichte Zaun zum Nachbargrundstück aus Metall, sodass ich mich genauso gut gegen ein Iglu lehnen konnte. Grauenhaft.

Langsam kroch die Kälte unter meine Kleider und fraß sich in meine Haut. Ich versuchte vorsichtig, meine Arme warm zu reiben, aber ich wollte natürlich auch nicht, dass mich die Kinder durch die Terrassentür entdeckten.

Jetzt fing es zudem unter dem Polyester-Kostüm schrecklich an zu jucken. Oder waren das möglicherweise Zecken? Nein, für Zecken war es eigentlich zu kalt. Aber schon weil ich das Wort „Zecken" gedacht hatte, fühlte es sich plötzlich an, als ob überall an mir irgendwelche Insekten entlangkrabbelten. Ah …

Da, war das der Ruf eines Käuzchens? Nein. Leider nur ein fernes Quietschen von Bremsen. Ich versuchte meine Hände zu wärmen, indem ich mehrfach hineinpustete. Dann schaute ich auf die Uhr. Ich stand schon acht Minuten hier. So ein Müll. Bei aller Liebe zu meinem Enkel, aber wenn ich die nächsten vier Wochen wegen einer Blasenentzündung im Bett verbringen musste …

„Papa!"

Ich zuckte zusammen. Weil ich vor lauter Pusten nicht gehört hatte, dass sich meine Tochter genähert hatte.

„Ja, was ist denn?"

„Jonas, der beste Freund von Tobi, steht im Stau. Also: mit seiner Mutter. Die hat gerade angerufen. Es dauert höchstens noch eine Viertelstunde."

„Was? Andrea, echt … ich kann nicht … ich bin jetzt schon ganz … verstehst du? Das geht einfach …"

„Papa, bitte. Du schaffst das. Tobi ist total hibbelig. Wenn du sehen könntest, wie sich die Jungs vor lauter Aufregung die Nasen an der Terrassentür platt drücken, weil sie so gespannt sind. Du machst ihnen eine Riesenfreude. Sei ein braver Nikolaus. Also, bis gleich."

„Andrea …"

Weg war sie.

Es gibt Leute, die behaupten, die Hölle wäre heiß. Ich halte das inzwischen für eine Lüge. Nichts ist quälender und grausamer, als wenn man fast gefroren in einem Garten steht und nicht wegkann.

Fünfzehn Minuten. Das kann sich anfühlen wie die Ewigkeit. Ach was, noch viel länger.

In diesem Moment wurde mir klar, dass ich meine Zehen nicht mehr spüren konnte. Um wenigstens meine Hände zu retten, fing ich wieder an, sie verzweifelt zu beatmen – und bei jedem Ausatmen kam ein trauriges, trockenes Röcheln aus meiner Kehle.

Einatmen – Pusten – Einatmen – Pusten.

„Ist da jemand?"

Eine leicht gequetschte Stimme drang durch den Zaun.

Ich schwieg, weil ich wusste, dass die Kinder an der Terrassentür den Garten genau beobachteten.

„Da ist doch jemand. Ich habe gehört, wie Sie atmen. Was machen Sie im Garten unserer Nachbarn?"

Ich flüsterte: „Pst! Seien Sie doch leise."

Doch die Frau wurde immer lauter: „Ich denke nicht daran. Ich kann Sie zwar nicht sehen, aber hören. Los, gehen Sie zum hinteren Ausgang des Gartens, damit ich weiß, wer Sie sind."

„Nein, das geht nicht."

„Ich zähle jetzt bis zehn. Dann verschwinden Sie da. Verstanden?

„Nein! Ich bin der Nikolaus."

„Was? Na, verarschen kann ich mich selber. Sie werden sich noch wundern."

Ich hörte, wie sich auf dem Nachbargrundstück energische Schritte entfernten. Ganz toll. Vermutlich würde die Frau jetzt ihr Schrotgewehr holen und mich durch den Zaun erledigen. Superschlagzeile: „Nikolaus hinter Tanne hingerichtet". Schrecklicher Irrtum. Vielleicht hätte ich ihr einen Schokoriegel zuwerfen sollen.

„Papa!"

Ah. Ich schrak wieder zusammen, als meine Tochter überraschend neben mir stand. „Andrea, hast du deine Nachbarin über unsere Aktion informiert? Sie hat mich entdeckt."

Meine Tochter machte eine wegwerfende Handbewegung. „Ach, die regt sich immer künstlich auf. Ich hab den Kindern gesagt, dass ich gucke, wo du bleibst, aber ein paar Minuten dauert es noch. Jonas ist jetzt da, dafür hat Felix gemerkt, dass er sein Laserschwert vergessen hat und ist noch mal kurz nach Hause. Der wohnt aber um die Ecke."

Ich konnte inzwischen kaum noch sprechen, so bibberten meine Lippen: „Wab … ein Läberschwert … ib hole mir hier den Tod … und du läbst ihn noch mal web …"

Andrea nickte: „Kinderseelen sind sehr empfindlich. Sieh mal: Wenn Felix sein Laserschwert nicht hat, dann kann er den Besuch vom Nikolaus nicht genießen. Und er tut sich ohnehin mit vielem so schwer. Seine Eltern haben sich vor Kurzem getrennt."

Sie nickte mir aufmunternd zu. „Jetzt stell dich mal nicht so an. Und sei nicht zu streng als Nikolaus."

Kaum war sie wieder weg, stiegen in mir seltsame Bilder auf. Ich sah vor meinem inneren Auge, wie nach und nach meine Gliedmaßen einfach abbrachen, weil sie gefroren waren. Erst ein Arm, dann der andere. Stück für Stück.

Ich bemühte mich, als Rettungsmaßnahme intensiv auf der Stelle zu treten, aber meine Füße gehorchten mir nicht mehr richtig. Vermutlich würde das mein Ende werden. Sie würden mich finden … tiefgekühlt … in einem billigen Nikolaus-Kostüm aus Plastik und mit dreckigen Stiefeln.

Die Minuten verstrichen. Und als meine Zähne immer heftiger aufeinanderschlugen, raunte etwas in mir: „Lass dich jetzt einfach auf den Boden sinken. Klammere dich nicht mehr ans Leben. Es ist vorbei." Daraufhin breitete sich ein tiefer Frieden in mir aus.

In dem Moment, in dem ich endgültig aufgeben wollte, hörte ich die Seekuh. Also den Ruf des Käuzchens.

Fast reflexartig taumelte ich hinter dem Baum hervor und schwankte Richtung Terrasse.

Da ertönte ein schneidender Ruf: „Stehen bleiben! Polizei!"

Durch das Gartentor kamen zwei Beamte, eine Frau und ein Mann, mit gezückten Dienstwaffen im Anschlag auf mich zu. „Ganz ruhig!"

Parallel dazu sprang die Terrassentür auf und eine Horde kleiner Kinder rannte auf den Rasen – Tobi vorneweg, der lauthals rief: „Nikolaus! Nikolaus! Endlich, da bist du ja! Aber warum hast du die Polizei mitgebracht?"

Ich wollte antworten, doch vor lauter Kälte versagte mir die Stimme.

Einen Augenblick schien auch die Zeit wie gefroren.

Dann trat die Polizistin einen Schritt nach vorne, schaute mich fragend an – und sagte zu den Kindern: „Eure Nachbarin hat sich Sorgen gemacht … äh … dass der … genau … dass der Nikolaus nicht rechtzeitig zu euch kommt … ihr wisst schon … äh … wegen der vielen Staus … und da haben wir ihn … äh … mit einer Polizei-Eskorte hierher begleitet."

Alle zogen wir Richtung Haus – und die Bespaßung der Kinder konnte beginnen.

Eine Stunde später lag ich mit zwei Wärmflaschen auf der Couch meiner Tochter. Immer noch bibbernd, aber ohne mein Kostüm, das ich nach meinem Auftritt direkt in die Mülltonne entsorgt hatte. Dafür ziemlich glücklich.

Die Kinder hatten mit großen Augen zugehört, als ich ihnen erzählt hatte, dass der Nikolaus den Menschen schon immer gerne geholfen hat. Dass es ihm wichtig ist, dass alle glücklich werden können … und dass sie erfahren, dass Gott sie liebt. Weil diese Liebe noch viel bedeutender ist als alle Schokolade der Welt.

Und jetzt schaute ich zum zehnten Mal auf die Visitenkarte, die mir die Polizistin in die Hand gedrückt hatte, als sie später nach meinem Namen gefragt hatte: „Rüdiger? … Bist du der Rüdiger, der damals mit mir in der Tanzschule war? Ich bin die Sabine. Erinnerst du dich nicht?“

Und wie ich mich erinnerte. Natürlich. Sabine. Sie grinste: „Damals hast du dich ja nicht getraut, mich mal auszuführen. Na, vielleicht wagst du es ja jetzt.“

Doch während ich noch überlegte, ob ich es wirklich wagen sollte, sprang Tobi auf meinen Schoß. „Sag mal, Opa, vorhin war ja der Nikolaus da. Echt cool. Nur eins verstehe ich nicht: Der hat doch einen fliegenden Schlitten. Wieso braucht der im Stau eine Polizei-Eskorte?“

6

SUSANNE OSPELKAUS

Glanz verleihen

„Licht! So ein Licht“, ruft der alte Mann in die Dunkelheit. Er hat das Fenster geöffnet und sich weit hinausgelehnt. In der Hand hält er eine Lampe.

„Licht! So ein Licht!“ Reiner schwenkt seinen Arm so weit, wie es ihm die Arthritis erlaubt.

„Das ist kein Licht. Das ist eine Funzel. Ach, nicht einmal das“, motzt Ernst.

Die Rentner teilen sich eine kleine Wohnung. Obwohl sie Brüder sind, könnten sie nicht unterschiedlicher sein. Reiner und Ernst. Heiß und kalt. Plus und minus. Positiv und negativ.

„Licht! So ein Licht!“, versucht Reiner es erneut.

„Das ist kein Licht. Das ist Müll. Musst du jeden Dreck aufheben? Die Nachbarn nennen dich schon Reiner Ramsch.“

Reiner zuckt zusammen. Die Worte seines Bruders berühren ihn nicht mehr, aber der Schmerz in seiner Schulter zwingt ihn, den Arm sinken zu lassen. Er schließt das Fenster. Im Glas spiegelt sich sein zerfurchtes Gesicht. Die Zeit, die harte Arbeit und Schicksalsschläge haben sich in seine Haut gegraben. Nie hätte er gedacht, dass er seinen Lebensabend mit seinem griesgrämigen Bruder verbringen müsste. Ernst hat ein Talent dafür, Makel und Mängel zu entdecken. Er war der beste Mitarbeiter im städtischen Ordnungsamt. Dort durfte er ermahnen, verwarnen und Knöllchen verteilen. Er war und ist beruflicher Meckerer, selbst im Ruhestand.

Reiner starrt noch immer hinaus. Lichterketten leuchten in den Nachbarhäusern und grelle Lichtorgeln blinken wie Sirenen in Rot, Blau, Weiß.

Verloren wirkt das Licht in seiner Hand. Es ist wirklich nicht mehr als eine Funzel. Er fand die Stirnlampe im Rinnstein zwischen welkem Laub, zerbeulten Bierdosen und Zigarettenstummeln. Die Bänder der Stirnlampe verfingen sich in seinem Gehstock. Er hob sie auf und musste sie reparieren. So wie Ernst meckert, so muss Reiner Kaputtes herrichten. Ihr ganzer Haushalt besteht aus Dingen, die Reiner im Sperrmüll gefunden hat.

Mutter hatte ihnen gezeigt, wie man sparsam lebt. Die Nachkriegszeit war entbehrungsreich und das Wirtschaftswunder ging an der kleinen Familie vorüber. Reiner machte die Not erfinderisch, aber Ernst wurde einfach nur ernst.

Reiner dreht die Stirnlampe in seinen Händen. Das weiße Licht spiegelt sich in der Fensterscheibe.

„Wie hieß das Lied? Mutter sang es immer." Reiner versucht zu singen. Seine Stimme knarzt. „Licht, so ein Licht …" Dann endet sein Gesangsversuch in einem Hustenanfall.

„So war das nicht", nörgelt Ernst.

Reiner seufzt.

„Da kam zwar das Wort *Licht* vor, aber nicht am Anfang."

Reiner verdreht die Augen.

„Nun glotz nicht so. Ich denke nach."

Reiner beißt sich auf die Lippen. Seine Mutter kommt ihm in den Sinn. Sie hatte eine schöne Stimme. Sie sang mit Leichtigkeit, konnte spannend erzählen und plauderte mit viel Witz. Selbst wenn sie schimpfte, klang sie liebevoll.

Er wird wehmütig bei dem Gedanken, dass er schon viel älter ist, als seine Mutter je wurde. Er lebt inzwischen doppelt so lange ohne sie wie mit ihr. Doch noch immer hört er ihre Lieder in seiner Seele.

Er flüstert: „Vielleicht fing das Lied nicht mit *Licht* an, aber wenn ich daran denke, wird es ganz hell in mir."

„Hm, ich weiß", brummt Ernst.

„Wirklich?"

„Ja, Mutter hatte so eine Art, selbst der Entbehrung einen Glanz zu verleihen. Du hast auch diese Art."

Reiner schaut seinen Bruder an. War das ein Kompliment?

Ernst nickt: „Ja, du versuchst mit einer Funzel, den Weihnachtsglanz in unsere Wohnung zu holen. So hätte es Mutter auch gemacht."

Verlegen dreht Reiner die Stirnlampe in seiner Hand. Dann sagt er: „Und? Kennt mein gescheiter Bruder das Lied?"

„Selbstverständlich!"

Ernst erhebt sich, atmet mehrmals tief ein und aus. Dann stimmt er an:

Drum, Jesu, schöne Weihnachtssonne,
bestrahle mich mit deiner Gunst;
dein Licht sei meine Weihnachtswonne
und lehre mich die Weihnachtskunst,
wie ich im Lichte wandeln soll
und sei des Weihnachtsglanzes voll.

Reiner summt das Lied mit und leuchtet mit der Stirnlampe das kleine Zimmer aus. Der Lichtkegel spiegelt sich in der Vitrine und funkelt an den Griffen. Er wusste nicht, dass Ernst so eine warme und reine Stimme hat. Er hat auch etwas von Mutters Art – er kann Tönen einen Glanz verleihen. In Zukunft sollte er vielleicht mehr singen als reden.

Lied: Kaspar Friedrich Nachtenhöfer, Dies ist die Nacht, da mir erschienen (1684)

7

Johannes Warth

Über der Lichtung

Licht! So ein Licht!

Mir träumte, ich stünde auf einer Lichtung mitten in einem Wald. Von diesem lichterfüllten Ort gingen zwei Wege ab. Der berühmte gerade, rechte Weg und ein verwinkelter, linker Weg. Ich sah mich selbst, wie ich damit beschäftigt war, eine Türe aufzubauen. Eine Türe oder besser gesagt ein Portal, durch welches ich hindurchtrete. Und dahinter traf ich *ihn*.

Doch bevor ich jetzt schon das Ende erzähle, sollte ich doch besser mit dem Anfang beginnen.

Viele Jahre lang habe ich jedes Jahr in der Adventszeit einen Kalender in Form einer Mailing-Aktion an Familie, Freunde, Bekannte und einige Kunden gesendet. Hier gab es jeweils ein Bild aus meiner Foto-Jahressammlung, verknüpft mit einem kleinen Text oder Vers zur Ermutigung aus meiner Feder. Wie so oft im Oktober wurde mir klar, dass ich mich langsam an die Arbeit für den neuen Kalender machen sollte. Doch es geschah etwas Ungewöhnliches für mich als Ermutiger. Durch äußere Umstände, pandemiebedingt, fühlte ich mich zu diesem Zeitpunkt nicht in der Lage, einen ermutigenden Adventskalender herauszubringen. Es machte sich eine Leere in mir breit. Für einen kurzen Moment war meine Entscheidung gefallen: Es würde in diesem Jahr keine Impulse geben. Doch *GOTT* sei Dank war dieses Gefühl nur von kurzer Dauer und sehr schnell strömte eine Klarheit durch meine

Gehirnwindungen: *Wenn es jemals Sinn gemacht hat, einen ermutigenden Kalender zu erstellen, DANN JETZT.* Ich machte mich sofort an die Arbeit. Doch es wollte nicht wirklich funken.

Da kam mir eine Idee: Was wäre, wenn ich dieses Jahr etwas *NEUES* kreiere? Ich besuche Menschen aus meinem Netzwerk, die eine Botschaft zur Weihnachtszeit sprechen! Dieser Gedanke gefiel mir sofort. Inzwischen war es Mitte November und die Zeit drängte. Auf einer längeren Autofahrt kam mir dann der zündende Einfall. Spätestens hier wusste ich einmal mehr, dass Lichter entzündet werden.

Wie wäre es, wenn ich durch eine Türe hindurchgehe und jeden Tag bei einer anderen Person lande? Das war es! Und ich machte mich noch während meiner Tour daran, diese Türe zu konstruieren und schließlich zu erstellen. Durch die Hilfe zweier Freunde war die Türe schnell gebaut. Ich konnte schon einen Tag später zwei Künstlerfreunde besuchen und die Advents-*Tür Nr. 1* produzieren. An dieser Stelle kommt der Anfang meiner Geschichte wieder zum Tragen. Denn in der Nacht vor diesem ersten Dreh hatte ich einen Traum. Ich sah ganz klar, dass sich eben hinter der letzten, der 24. Türe, Gott offenbaren würde. Und ich erblickte ebenjene Waldlichtung, und vor allem sah ich, dass es zeitgleich mit meinem Durchschreiten der Türe wohlig-flockigen Schneefall geben würde. Ich war von diesem Bild so beseelt oder besser gesagt begeistert, dass ich allen meinen Akteuren, welche ich besuchte, davon erzählte. Am Ende wird es schneien! Und ich ließ alle zusätzlich zum eigentlichen Film noch den immer gleichen Vers aufsprechen: *Friede auf Erden und den Menschen ein Wohlgefallen.*

Ja, und je öfter ich es erzählte, desto klarer sah ich den Ort und die gesamte Szene.

Kennen Sie dieses Gefühl, wenn ein Wunschbild immer stärker wird? Dieses Bild sich in einem ausbreitet und mehr und mehr die

Illusion zur erwarteten Realität wird? Eben eine Vorausschau auf eine zukünftig geschehende Aktion.

Als ich schließlich diese Vision meinem Musikerfreund Jo Jasper erzählte und ihn bat, eine Abspannmusik für diese 24. Türe zu komponieren, ging dieses Bild bei mir durch die Decke. Ich sendete ihm die aufgesprochenen Verse, und er entwickelte innerhalb kurzer Zeit einen wahrhaftigen Song damit. Als ich gemeinsam mit meiner Frau dieses Lied hörte, flossen die Tränen im wahrsten Sinne grenzenlos. Es war ein so von Helligkeit erfüllter Moment. Die 24. Türe konnte nun gedreht werden.

Es war mittlerweile der 21. Dezember. An diesem Tag drehte ich am Vormittag die 22. Türe, und am Nachmittag machte ich mich auf den Weg zum rund 180 Kilometer entfernten Wald bzw. Drehort für diese letzte Türe. Dort verabredet war ich mit meinem Neffen, welcher für mich einen Drohnenflug machen sollte. Mit großer Aufregung und vor allem Erwartung fuhr ich nun also in dieses seit Wochen vor dem geistigen Auge gesehene Waldstück. Je näher ich kam, desto mehr realisierte ich, dass das Wunder des Schneefalls ein sehr großes Wunder werden sollte, denn die eigentliche Witterung ließ nichts dergleichen erahnen.

Am Ort des Geschehens gab es zwar ein paar weiße Schneeflecken von vergangenen Schneetagen, doch am Himmel zeigte sich keinerlei Schneefallstimmung. Die Tür war schnell aufgestellt, und sofort haben wir mit dem Filmen begonnen. Und nun wurde auch mir klar, dass es wohl keinen Schneefall geben sollte. Doch ich wollte nicht aufgeben. Noch einmal glaubte ich fest, dass es beim Durchschreiten der Türe mit dem Schneefall beginnen wird.

Ich schritt durch die Tür … doch da kam keine einzige Schneeflocke.

Auch nicht beim nächsten und den weiteren Drehs danach. Insgesamt drehten wir diese Szene neun Mal. Mit eiskalten Händen und pochendem Herzen packten wir alles wieder ein und verabschiedeten uns mit einem freudigen Lächeln über einen gelungenen Dreh.

Als ich dann schließlich wieder alleine in meinem Wagen saß, brach die Enttäuschung in mir los. Einmal mehr erlebte ich, warum wir von „Enttäuschung“ sprechen: Ende der Täuschung. Ich fühlte mich wie ein kleiner Junge, dem etwas versprochen wurde und dessen Geschenk nicht eintraf. Und genau in diesem dunklen Moment schoss ein so helles Licht durch meine Gedanken. *Was weißt du, wie es nachher auf dem Film aussehen wird?! Warum müssen Wunder immer nach deiner Vorstellung passieren? Vielleicht schneit es ja auf dem Filmmaterial …* Für den Schöpfer aller Dinge ist alles möglich.

Zu diesem Zeitpunkt wusste ich noch nicht, wie das aufgenommene Material beschaffen war. Als dann einen Tag später mein Freund Hans-Günter, der den Film zusammenschnitt, meinte, dass es überhaupt kein Problem sei, dort Schneefall einzufügen, wurde mir einmal mehr bewusst, dass Gott auch der Gott der Technik ist. Kein veralteter Greis, der sich mit unseren heutigen Dingen nicht auskennt. Sondern im Gegenteil: Er ist gestern Derselbe wie heute und morgen. Und *Sein* Licht leuchtet in allen Dingen.

Das Ergebnis können Sie sich gerne unter Johannes Warth Adventskalender 2020, *Tür 24,* ansehen.

8

Thea Eichholz

Ein Geschenk ist ein Geschenk ist ein Geschenk

Dieser Wunschzettel war eine Frechheit!

Sie guckte ungläubig auf das Blatt, das ihre Tochter auf den Küchentisch gelegt hatte, bevor sie zum Volleyball abgerauscht war. Sie wusste nicht recht, ob sie ein bisschen eingeschnappt sein oder doch ertappt loslachen sollte.

Wie jedes Jahr wenige Wochen vor Weihnachten hatten gestern alle drei Kinder die Aufforderung erhalten, ihre Wünsche mal zu Papier zu bringen. Das erleichterte die Sache mit den Geschenkeaktionen ungemein. Da stand dann schwarz auf weiß, wonach man suchen konnte, worum man sich zu kümmern hatte. Im Lauf der Jahre waren die Wünsche der Kinder größer bzw. teurer geworden. Die Wertsteigerung von Playmobil-Indianerin zu iPhone 6 war zwar irgendwie zu erwarten gewesen. Doch dass es so schnell gehen würde … Da kam sie noch immer nicht so richtig hinterher.

Okay, im Gegenzug wurden aus den in der Schule selbst gebastelten Papier-Weihnachtssternen, gekneteten Tonfiguren und im Chemieunterricht kreierten Duftwässerchen irgendwann leckere Teesorten, duftende Körperlotionen, witzige Tassen oder Bilderrahmen, die durchaus etwas kosteten …

Sie wusste es aus eigener Erfahrung: Es war einfach schwer,

Eltern zu beschenken. Die hatten schon alles. Und wenn nicht, konnten sie es sich selbst kaufen.

„Mama, du musst auch 'nen Wunschzettel schreiben", hatten die Kinder gesagt.

Und sie hatte wie jedes Jahr geantwortet: „Ich bin wunschlos glücklich. Wenn, dann wünsch ich mir nur eins: *liebe Kinder!*"

Gut hatte sie es gemeint. Wollte den Druck rausnehmen. Klar freute sie sich über Kleinigkeiten. Aber bitte mit Leichtigkeit, ohne viel Aufhebens. Und günstig.

Und nun hatte ihre Tochter den Ball zurückgespielt. „Wunschzettel", stand oben groß und breit. Und dann – statt der zu erwartenden Dinge wie Sportklamotten, Mascara, Theaterbesuch, iPhone-Hülle – die Worte: *„Eine liebe Mama"*.

Na toll. Was sollten denn diese Sperenzchen, bitte schön?

Sie hatte doch wahrhaftig gerade genug um die Ohren, als dass sie jetzt noch psychologische Spielchen mit ihrer pubertierenden 15-Jährigen brauchte. Heute Abend würden sie darüber reden.

Sie hörte den Mittleren die Treppen heruntertapsen. Sein Lockenkopf guckte um die Ecke. Sein Blick ging zu dem letzten Rest Hefezopf, der noch auf der Küchentheke stand. Ein Griff – und ein großes Stück verschwand ohne große Umstände in seinem Mund.

„Hie iff noch meim Wumffpfeddel", ließ er verlauten und krümelte, sein Exemplar zu dem bereits vorliegenden legend, vor sich hin.

Stirnrunzeln beim Blick auf den Zettel der Schwester. „Uuuuihh, der if aber überfichtlich", gab er schmatzend von sich. „Wenn sie da mal nicht schlecht bei wegkommt ..." Geschluckt, gesagt, umgedreht und wieder auf dem Weg nach oben in sein Zimmer.

Seine Liste war immerhin machbar bzw. „traditionell": neue Fußballschuhe, ein spezieller Fahrradsattel, die nächste Buchfolge von *Top Secret,* ein 007-Deo (was man sich mit 13 halt so wünscht – konnte jedenfalls nicht schaden!) und Schokolade. So einfach konnte das Leben sein!

Sie klemmte die zwei Zettel demonstrativ an den Kühlschrank. Und zwar mit dem kleinen Magneten, den sie mal von ihrem Mann geschenkt bekommen hatte. Aufschrift: „Ich habe Fantasien mit drei Männern: Einer kocht, einer putzt, einer bügelt." Ha! Schön wär's!

Klar hatte sie Wünsche! Ne Menge sogar, aber so einfach ging das nun mal nicht in diesem Leben.

„Weder Wunschkonzert noch Ponyhof", sagte ihre Freundin Bea immer, wenn sie mal wieder miteinander im Kummerkastenmodus durch den Wald walkten.

So, fehlte jetzt also nur noch der Zettel vom kleinen Prinzen. Dieser war mit seinen sechs Jahren, was Geschenke anging, noch am leichtesten zu handhaben. Gerade in die Schule gekommen hatte er den Ehrgeiz, seinen Wunschzettel dieses Jahr alleine zu schreiben, anstatt wie sonst Bildchen zu malen, auszuschneiden oder zu diktieren.

Sie ging hoch in sein Zimmer, schaute ihm über die Schulter, wie er – die Zunge von einem Mundwinkel zum anderen hin- und herschiebend – die Worte *feangeschtoiates Auto, Klettapak* und *Lego* kunstvoll auf die selbst gezogenen Linien malte. Ansonsten gab sich ihr Leckermäulchen mit kulinarischen Schwerpunkten zufrieden: *saure Waingummi, Gutschain für 5x Liblingsessn, Schokoladenbrunnän.*

Vor dem Abendessen hängte er stolz den ersten selbst verfassten Wunschzettel an den Kühlschrank. Seine Lesekunst unter Beweis stellend buchstabierte er laut und deutlich den Wunsch seiner älteren Schwester: „E-I-N-E L-I-E-B-E M-A-M-A!" – mindestens drei Erstklässler-Fragezeichen auf seiner kleinen Stirn.

„Wieso 'n das?", fragte er unsicher.

„Weil Mama sich doch auch immer nur *‚liebe Kinder'* wünscht", kam es von der Küchenbank, auf der sich die Schwester, angeblich mit ihrem Handy beschäftigt, in Lauerstellung begeben hatte.

„Dann is das ja so was wie 'n Tauschgeschäft", philosophierte der kleine Prinz, für seine sechs Jahre unbestreitbar helle.

„Find ich blöd", resümierte er dann gnadenlos und nach kurzer Denkpause: „Kann ich nich beides haben? – Weil … was ist, wenn sie das mit dem ‚Immer liebe Mama sein' gar nicht hinkriegt …?"

„… worauf du dich verlassen kannst!", schoss es von der Küchenbank.

Stille. Tiefes Luftholen.

Dann schaute die Mutter amüsiert von der Anklägerin zum kleinen Staatsanwalt. „Im Zweifelsfall", beruhigte sie ihn schmunzelnd, „bekämst du bestimmt immer noch deinen Schoko-Brunnen."

Erwartungsvolle Pause.

„Okay … also – kein Tauschgeschäft. Kein ‚Wie du mir, so ich dir'. Und keine Wenn-dann-Belohnungsgeschichten. Ihr habt recht: Ein Geschenk ist ein Geschenk ist ein Geschenk. Für euch. Und für mich. Und Papa. – Abgemacht?"

Zufriedenes Nicken allerseits.

Es war doch immer wieder faszinierend, wie gerade die Kleinsten der wahren Größe von Weihnachten am leichtesten auf die Schliche kamen …

Karl-Heinz Becker

Verlaufen

„Licht. So ein Licht müssten wir haben", sagte zitternd meine Frau, als wir in der Ferne hinter vielen Bäumen endlich die Scheinwerfer eines vorbeifahrenden Autos sahen. Denn um uns herum war es dunkel. Am frühen Nachmittag waren wir in den dicht bewachsenen Wald nahe unserer Ferienwohnung gegangen, die markierte Route entlanggelaufen und hatten uns dann bei der Rückkehr doch verlaufen. Es war immer dunkler geworden, im Herbst kein Wunder. Allerdings war ich vorbereitet gewesen, hatte zur Beruhigung meiner Frau die Taschenlampe hervorgeholt und uns damit den Weg gewiesen. Eine Weile waren wir damit erfolgreich gewesen. Im Schein der Lampe konnten wir die Markierungen an den Bäumen entdecken, die uns durch den Wald zurückführten. Dann aber war das Licht immer schwächer geworden. Die Batterien waren leer.

Zu unserer Erleichterung hatten wir nun in der Ferne ein Auto gesehen. Dort also musste eine Straße sein. Über Stock und Stein zwängten wir uns durch Unterholz und Büsche. Zweige schlugen uns ins Gesicht. Mehr schlecht als recht behielten wir die Richtung bei, in der die Autoscheinwerfer vor uns aufgeleuchtet waren.

Endlich standen wir auf der gesuchten Straße. Aber was nun? Weder rechts noch links war ein Auto zu sehen. Auch keine Laternenbeleuchtung. Dunkelheit umgab uns. Das Einzige, das wir mehr ahnen als sehen konnten, waren die Leitpfosten entlang der

Fahrstrecke. Wohin mussten wir uns nun wenden, um zu unserer Ferienwohnung zu kommen? Und waren wir überhaupt auf der richtigen Straße?

Meine Frau, ansonsten nicht so schnell zu verwirren, schmiegte sich ängstlich an mich. Mir war ebenfalls unwohl. Das aber wollte ich nicht zeigen. So entschieden wir uns schließlich für eine Richtung und marschierten tapfer die dunkle Straße entlang. Von Autos auch weiterhin keine Spur.

Wir liefen und liefen. Kein Wagen kam uns entgegen. Hin und wieder drehten wir uns um. Aber auch hinter uns leuchtete kein Scheinwerfer auf. Die Fahrbahn schien eine kaum befahrene Nebenstraße zu sein. Und Häuser waren auch nicht zu entdecken. Verzweiflung machte sich breit.

Nach einer Weile blieben wir stehen. Finsternis umgab uns. Der Himmel war bedeckt, Mond und Sterne nicht zu sehen. Auch das Unbehagen in unseren Gesichtern konnten wir aneinander nicht wahrnehmen, nur spüren. Wir klammerten uns eng aneinander, erinnerten uns an Gottes Nähe und baten um Zuversicht und ein leuchtendes Signal.

Hand in Hand gingen wir vorsichtig weiter. Nach vielen, uns endlos vorkommenden Metern geschah das Wunder. In der Ferne sahen wir Autoscheinwerfer aufleuchten, die allmählich auf uns zukamen. Hoffnung packte uns. Damit wir auch ja gesehen werden konnten, zog ich meine dunkle Jacke aus, unter der ich einen hellen Pullover trug. Schnell nahm ich in jede Hand ein weißes Papiertaschentuch, stellte mich auf die Fahrbahn und schwenkte die Arme. Das Wunder nahm seinen Lauf. Es war ein Pkw, der langsamer wurde und vor uns anhielt. Am Steuer saß ein Mann mittleren Alters. Kurz erklärten wir ihm unser Missgeschick. Leicht schmunzelnd schaute er meine Frau und mich an, nickte, ließ uns einsteigen und auf der Rückbank Platz nehmen.

Während wir erleichtert durchatmeten, erklärte der Fahrer uns, dass wir zwar in die falsche Richtung gelaufen, aber dadurch auf ihn gestoßen seien. Er führe in die von uns gewünschte Richtung und würde uns am Eingang unseres Ferienortes absetzen. Von dort sei es nicht weit zu unserer Wohnung.

Als wir unseren netten Chauffeur näher betrachteten, fiel uns der geschlossene weiße Kragen des Mannes auf. „Oh, sind Sie Pfarrer?“, fragte meine Frau.

„Ja“, entgegnete er. „Ich bin auf dem Weg zum Abendgottesdienst in meiner Gemeinde“.

„Schön“, klang es synchron aus unseren Mündern. Erfreut drehte der Pastor sich kurz zu uns. „Nett, dass Sie das sagen“, antwortete er. Dann, etwas gedämpfter: „Aber noch nie war ich so unvorbereitet wie heute“.

„Das tut uns leid“. Diesmal reagierte nur meine Frau. Ich aber setzte nach: „Ist Ihnen etwas dazwischengekommen?“

„In der Tat. Meine Mutter hatte einen Unfall und ist in die Klinik gekommen. Sie ist recht betagt. Das hat mich den ganzen Tag über in Anspruch genommen. Aus der geplanten Predigt-Vorbereitung wurde daher nichts“.

Eine Weile schwiegen wir. Dann, als würde ich laut vor mich hin denken, antwortete ich: „Manchmal eignet sich so ein Geschehen ja auch, daraus eine Predigt zu machen …“

Kaum gesagt, tat mir meine überstürzte Rede schon leid. Gleichzeitig stieß meine Frau mich in die Seite. Ich räusperte mich: „Verzeihung, ich wollte kein Klugscheißer sein.“

Nach einer kurzen Pause führte unser freundlicher Fahrer das Gespräch fort: „Vielleicht haben Sie recht …“ Und dann: „Sie scheinen in der Kirche aktiv zu sein …?“

Bei der Antwort ließ ich meiner Frau den Vortritt: „So ist es. Und darum hat mein Mann eben wohl etwas vorschnell reagiert.“

„Danke für Ihr Verständnis“, kam es erleichtert von vorn. „Es ist schon in Ordnung. Ich musste den Einwand nur sacken lassen.“

Dann schwieg der Pastor eine Weile, um schließlich fortzufahren: „Aber mir kommt da eine Idee ..."

Gespannt horchten wir auf.

„Was halten Sie davon", sprach unser Fahrer, während er uns weiter durch die Dunkelheit steuerte, „wenn ich beides zusammenfasse? Das bedrückende Ereignis mit meiner Mutter – und dann standen Sie plötzlich Hilfe suchend auf der Straße. Ihr Hoffnungsleuchten, als Sie das Licht meines Autos sahen ..."

„Ein herrlicher Augenblick war das", freute sich meine Frau, „Sie waren unsere Rettung!"

Eine Weile war es still. Dann sah ich im Rückspiegel, wie der Pfarrer lächelte: „Danken wir Gott für das Geschenk unserer Begegnung", erwiderte er freundlich. „Mit Ihrem Auftauchen und unserem Gespräch kam so etwas wie ein warmes Licht in meinen angespannten Tag."

Im selben Augenblick rief meine Frau mit einem Blick aus dem Fenster: „Es wird wieder hell!"

Wir waren nämlich von der finsteren Nebenstraße in unseren beleuchteten Ferienort eingebogen. An einer Laterne stoppte der Pastor den Wagen. Wir verabschiedeten uns herzlich und stiegen aus. Bevor unser Helfer seine Fahrt jedoch wieder aufnahm, ließ er die Scheibe der Beifahrertür hinunterschnurren, beugte sich zu uns hinüber und rief lächelnd: „Wissen Sie, wie wunderbar Sie im hellen Licht der Straßenlaterne wirken?"

Ahnungslos zuckten wir mit den Schultern. „Wie zwei Engel!"

Dann fuhr er strahlend davon.

10

TANJA JESCHKE

Ein Backstein

Sein Wunschzettel war dieses Jahr ein Backstein. Einer von der Baustelle. Samuel war das letzte Mal, als er mit den Eltern da gewesen war, über ihn gestolpert, hatte ihn von der Erde neben dieser Plastik-Klokabine aufgehoben und in die Schultasche gesteckt. Er wusste selber nicht, warum. Er hatte nur herumgelungert wie immer, hatte den Männern zugeguckt, die gerade eine Mauer des zukünftigen Wohnzimmers hochzogen und sich stritten über irgendwas. Es wurde hier viel gestritten.

Auch die Eltern lagen sich ständig in den Haaren, wenn sie sich nach ihrer Arbeit auf der Baustelle trafen, um nach dem Rechten zu sehen und mit Herrn Jungbusch zu reden, dem Bauleiter. Das war von Anfang an so gewesen: Sie waren sich nie einig darüber, ob Fußbodenheizung oder nicht, ob Oberlichter im kleinen Bad oder nicht, ob der Kamin rechts von der Tür zum Flur oder links, sie drehten und wendeten all diese Fragen wie Würste auf dem Grill. Und während sie sich mit ihren spießigen Ambitionen gegenseitig aufspießten, verkohlten ihnen die Würste. Es war schon so viel schiefgegangen beim Bau dieses Einfamilienhauses, dass Samuel sich wunderte, wieso nicht alles längst wieder abgerissen worden war. Das, was bisher an Haus zu sehen war, konnte doch nicht halten bei all den Katastrophen, die der Vater laut beklagte. „Herr Jungbusch ist unfähig, ein unfähiger Fatzke", sagte der Vater jeden dritten Abend und raufte sich die

Haare über den Rechnungen, die wie eine Heuschreckenplage sein Bankkonto auffraßen. Samuel glaubte jedenfalls nicht, dass er je in sein Studio oben unter dem Dach einziehen würde. Studio, du meine Güte, was sollte das überhaupt sein? Welcher von seinen Schulkameraden wohnte denn in einem Studio? Das klang so wie das ganze übrige Unternehmen mit der Überschrift: Familie Überbein kann sich was leisten.

Samuel war von Anfang an dagegen gewesen. Er wollte nicht in diese geschniegelte Gegend ziehen mit den akkurat beschnittenen Hecken und Garagentoren wie aus weißem Porzellan. Da pissen ja sogar die Hunde reinsten Champagner, sagte er zu Sven, seinem besten Freund, von dem er jetzt nur drei Minuten entfernt wohnte, dann aber eine halbe Stunde mit der Straßenbahn.

Der Backstein in seiner Tasche hatte ein ganz schönes Gewicht. Samuel nahm ihn heraus, als er im Bus nach Hause saß. Grau und klobig lag er in seiner Hand. Grau und klobig lag dieser Hausbau ihm auf der Leber. Die Mutter hatte dunkle Ringe unter den Augen, sie schlief schlecht. Warum war es so wichtig, ein eigenes Haus zu haben? Warum?

Später ist es deins, hatte der Vater gesagt.

Ich will es gar nicht haben, hatte Samuel gewusst, ich will etwas ganz anderes. Nur dass er nicht wusste, was das war.

Der Busfahrer hatte ein winziges Transistorradio vorn bei sich angestellt. Samuel wusste, dass das verboten war, die durften während der Fahrt kein Radio hören, aber der Fahrer, ein dunkelhäutiger Mann, machte es trotzdem.

Etwas trotzdem machen, dachte Samuel.

Der Mann hielt das große Lenkrad in einer Hand und stellte jetzt mit der anderen das Radio lauter. Schweres Erdbeben in Haiti. Der Busfahrer fuhr an den Straßenrand und bremste. Er legte seinen Kopf weit in den Nacken. Samuel konnte im Rückspiegel sein Gesicht sehen, wie er die Augen schloss und den Kopf schüttelte.

Der Motor lief. Die anderen Fahrgäste murmelten. Samuel stand auf und ging zum Fahrer vor.

„Sie kommen aus Haiti …“, sagte er zu ihm. Der Fahrer nickte.

„Mein Land“, sagte er leise. „Kaputt.“

Samuel hörte dem Radiosprecher zu und fiel von einem Moment zum anderen in immer tieferes Erschrecken. Es war, als würde das Beben nach ihm greifen, die Erde namens Samuel riss auf und kein Stein blieb auf dem anderen. Irgendetwas sprach er noch mit dem Haitianer, und als er dann wieder auf seinen Platz zurückging und der Bus weiterfuhr, merkte er, dass er den Backstein noch immer in der Hand trug, und wie sie sich um ihn krallte, als gelte es, sich daran festzuhalten. Er holte den dicken schwarzen Filzstift aus der Schultasche. Haiti, schrieb er auf den Stein in großen Buchstaben und wog ihn in der Hand. Und erst, während er es schrieb, wusste er, dass dies sein eigener Wunsch war, ein Wunsch, den er noch nicht näher beschreiben konnte, nur dass er ihn ans Ziel bringen würde, das war Samuel klar.

Gut, dann würde er eben in dieses Haus mit einziehen und in seinem „Studio“ die Schule fertig machen. Aber dann! Er beklopfte den Backstein, diesen Brocken von Wunschzettel, diesen Eckstein, von allen Seiten und fühlte sich stark und gewiss.

Bei der nächsten Haltestelle stieg Sven zu, warf sich zu ihm auf die Bank. „Was hast du denn da?“, fragte Sven mit einem Blick auf den Stein.

„Hast du schon von dem Erdbeben gehört?“, fragte Samuel zurück. Und als Sven nickte, fuhr er fort: „Ich werde mal nach Haiti gehen. Nach der Schule. Kommst du mit?“

11

Kai-Uwe Woytschak

Südtiroler Herbstmedaillons

„Wunderbar. Einfach wunderbar!" Die blonde Mittdreißigerin bringt schräg vor mir ihren Einkaufswagen zum Stehen und starrt auf die kleinen Patschhände ihres Sohnes. Als ich an den beiden vorbeigehen will, kann ich erkennen, was der Knirps aus dem Supermarkt-Regal genommen hat: einen Schokoladen-Weihnachtsmann. Den Gesichtsausdruck des Jungen kenne ich nur allzu gut. „Will haben!" bedeutet diese Mischung aus bettelndem Blick und freundlichem Lächeln. Als Kind hatte ich damit auch fast immer Erfolg.

„Einfach wunderbar!", sagt die Mittdreißigerin noch einmal mit einer gehörigen Portion Missbilligung in der Stimme und scheint jetzt mich anzusprechen. „Wir haben gerade mal Mitte September und die verkaufen hier schon jede Menge Weihnachtsartikel." Mit einigen für Mütter ziemlich typischen Worten nimmt die Frau ihrem Sprössling den Weihnachtsmann aus der Hand, legt ihn wieder zurück ins Regal und schiebt ihren Einkaufswagen weiter in Richtung Gemüseabteilung. Der kleine Junge folgt ihr nur widerwillig. – „Schön, dass ich erwachsen bin", denke ich vergnügt bei mir selbst und lege eine Packung Lebkuchen in meinen Einkaufskorb.

Zwei Tage später zur Kaffeezeit: Das Thermometer auf dem Balkon zeigt achtundzwanzig Grad im Schatten. Auf dem Tisch steht ein großer Pott Kaffee und genau jene Packung Lebkuchen. Plötzlich klingelt's an der Wohnungstür. Mein Freund Thomas schaut eben mal kurz vorbei. Ich hole eine zweite Tasse aus der Küche und schenke ihm ein, während er schon munter die neuesten Neuigkeiten aus unserer Kirchengemeinde erzählt.

Plötzlich wird sein Redefluss etwas stockender, seine Stirn legt sich in Falten, einen Moment lang schweigt er, und dann fragt er mich: „Das darf doch wohl nicht wahr sein! Mitten im Sommer futterst du Weihnachtslebkuchen?"

„Spätsommer", korrigiere ich ihn, „wir haben Spätsommer. In anderthalb Wochen ist Herbstanfang."

„Das ändert nichts daran, dass die Geschäftsleute immer früher ihr Weihnachtszeugs anbieten und einem damit das ganze Weihnachtsfest verderben."

Ich könnte Thomas auf den Mond schießen. Was hat er gegen Leute, die friedlich auf ihrem Balkon sitzen, die Sonne genießen und nebenbei ein paar Lebkuchen vernaschen?

Meine Augen verformen sich langsam zu schmalen Sehschlitzen. „Noch was?", frage ich ihn leicht giftig.

„Ja", sagt er, „vor allem die Kinder wissen bald nicht mehr, was es heißt, mit Geduld auf ein großes geistliches Ereignis zu warten. Wenn sie Weihnachten schon im September erleben können, dann dauert's nicht mehr lange, dass sie ihre Kindergebete ebenfalls ruck, zuck von Gott erfüllt haben möchten."

„Da hast du schon recht", sage ich zu Thomas, „aber das hier sind keine Weihnachtslebkuchen, sondern Original Südtiroler Herbstmedaillons."

„Südtiroler – was?"

„Südtiroler Herbstmedaillons", wiederhole ich mit einer gewissen Schärfe in meiner Stimme. „Der Schokoladenüberzug erinnert an den Überfall afrikanischer Soldaten auf Südtirol im Jahre 1563. Und die weißen Oblaten auf der Unterseite symbolisieren die Südtiroler Widerstandsbewegung, die lange Zeit verborgen im Untergrund gegen die schwarze Fremdherrschaft aufbegehrte."

Thomas guckt mich sekundenlang an, ohne etwas zu sagen.

Ich versuche ernst zu bleiben und möglichst grimmig dreinzuschauen.

„Und warum steht auf der Packung ‚Original Nürnberger Lebkuchen'?", fragt Thomas vorsichtig nach.

„Weil Nürnberg damals, wie jeder gebildete Mensch weiß, zu Oberitalien gehörte und Oberitalien eine direkt abhängige Provinz von Südtirol war", kommt es wie ein Pistolenschuss aus meinem Mund.

Mit ein paar eleganten Überleitungssätzen wechselt Thomas das Thema und verabschiedet sich nach gut einer Stunde. Ich bleibe noch eine Weile auf dem Balkon sitzen und bin erschrocken darüber, wie ich mein Gegenüber nur so schamlos belügen konnte. Nach einer Weile hole ich meine Bibel und mache mich auf die Suche nach jener Stelle, wo es heißt: „Du sollst nicht Lebkuchen essen, bevor es Weihnachten wird!"

Ich habe die Bibelstelle bis heute nicht gefunden.

12

REBECCA DERNELLE-FISCHER

Der warme Mantel

Der Wunschzettel war sorgfältig gefaltet: nur noch ein kleines, dickes Quadrat aus altem Papier. Die Spitzen meiner Finger hatten ihn immer wieder berührt. Er war so weich, fast wie Seide. Beinahe hätte ich ihn weggeworfen, ohne ihn zu beachten – hätte ich ihn nicht gerade in den Taschen meines neuen Prachtstücks gefunden: in meinem schönen, alten, neu gekauften Mantel.

Dieses Jahr war der Winter so hart, dass ich nicht mehr mit meiner alten Skijacke herumlaufen konnte, ohne erbärmlich zu frieren. Die Jackentaschen waren voller Löcher, genauso wie mein monatliches Studentinnenbudget. Dezember eben! Ich war zu oft zwischen den Vorlesungen ins Café gegangen, um mich aufzuwärmen. Und was mir an Geld blieb, hatte ich schon für Weihnachtsgeschenke ausgegeben. Oh, nichts Spektakuläres, aber von Herzen, wie immer: eine Kleinigkeit für jeden. Und ein paar Briefmarken, um meine selbst gebastelten Karten an Freunde zu verschicken. So blieb nur noch wenig Geld übrig, um eine gute warme Jacke zu finden.

Dabei wünschte ich mir so sehr einen Mantel. Einen Mantel, der mich beim Anziehen daran erinnern würde, dass der Winter nicht nur bissig kalt ist, sondern auch schön. Einen Mantel für die Tage, an denen ich um sieben Uhr morgens schon unterwegs war. Einer mit Geschichte, der mich in eine andere Welt transportieren würde, in eine andere Zeit, und der mir ein Stück Sicherheit verleihen könnte.

Wenn es überhaupt so einen Mantel gab, dann wusste ich gleich, wo! Mit meinen letzten zusammengekratzten Münzen ging ich zu meinem Lieblingsladen in der Stadt, einem kleinen Second-Hand-Shop mit gespendeten Kleidern und Gegenständen – ein soziales Projekt, das ich gern unterstützte. Ich grüßte Ute an der Kasse, eine immer gut gelaunte kleine Frau, die mir schon aus Gewohnheit verkündete: „Die Bücher sind gerade wieder reduziert."

Mit einem lauten Lachen antwortete ich: „Sag so etwas bitte nicht! Ich habe gerade weder Geld noch Platz für Bücher." Ich schloss ein Auge, um nicht in Versuchung zu kommen, und marschierte entschlossen bis zur Winterbekleidung. Ich entdeckte ihn gleich und verliebte mich sofort: mein Mantel! Ein ganz altes Kleidungsstück! Und er sah nicht nur alt aus, er sah warm und einzigartig aus.

Ute sah meine leuchtenden Augen, als ich ihn anprobierte. Sie sagte: „Das hast du gut ausgesucht, Kleines! Kein Mensch wollte den bis jetzt kaufen. Die Leute wissen gar nicht mehr, was Qualität ist! So einen warmen Mantel bekommst du heute nirgends mehr, und, schau … Ja, er passt dir wie angegossen."

Der Mantel war lang, dick, juckte ein bisschen an den Ärmeln und am Hals und er roch nach altem Mottenmittel, aber ich fand ihn unwiderstehlich … und ich konnte ihn mir leisten: Er war mein! Ich behielt ihn gleich an, packte mich fest ein, steckte meinen Kopf so tief wie möglich in den Kragen. Das war fast wie ein Versteck. Ich fühlte mich geschützt, warm eingekuschelt: mein ganzes Glück! Ich wusste, dass ich damit immer wieder kurz die Kälte dieser Welt vergessen konnte.

Der Hass, die Gier, der Krieg, der Terror, der Hunger und die Umweltverschmutzung ließen mich Tag für Tag bis auf die Knochen frieren. Ich wollte den Krieg in Syrien vergessen, die leeren Blicke in den Nachrichten, die verwundeten Seelen, den Aufstieg von Rechtsradikalen in Europa … ich wollte ganz einfach mein ganzes Journalistikstudium vergessen. Es war schwierig, erwachsen zu werden.

Seit dem Anfang dieses ersten Semesters an der Universität nahm ich alles ganz anders wahr als früher. In der Kleinstadt, in der ich aufgewachsen war, hatte es sich leichter gelebt: ein Leben wie in einer sanften Schneekugel, geschützt, geschätzt und geliebt. Nicht dass ich nichts von der Welt wusste, aber daheim schien es alles so weit weg zu sein. Auch als Familie hatten wir immer wieder anderen geholfen, mit Zeit oder mit Geld. Nein, die Not von Menschen war uns nicht egal gewesen.

Aber seit September fühlte ich die Hilflosigkeit steigen. Jeden Tag musste ich mich mit den Nachrichten beschäftigen, immer wieder die Schlagzeilen lesen, immer wieder die Horrorbilder im Internet anschauen. Herr Alexander, einer der strengsten Dozenten, hatte darauf bestanden: Es sei höchst wichtig für unseren zukünftigen Beruf, hatte er uns erklärt. Und das war hart, hart wie Stein, und kälter als der Marmorboden im Museum. Je mehr ich erfuhr, desto verrückter kam mir diese Welt vor. Ich war enttäuscht, angeekelt, fast verloren … und ich fror! Meine Sehnsucht nach Wärme wurde immer größer. Ich suchte das Gute in den Menschen, die Wunder im Alltag. Meine Gebete waren nur noch ein Flüstern. „Die Welt ist so groß und ich bin so klein. Gott, lass mich nicht los, ich will bei dir sein."

Als ich mit meinem alten Mantel den Laden verließ, fühlte es sich gut an. Ein bisschen, wie wenn Gott mir zugezwinkert hätte und mich unterwegs umarmte: wie Sonnenstrahlen, Licht. Ich dachte an die Adventslieder, die ich so gut kannte, die genau ausdrückten, was ich erlebte. „Gott will im Dunkel wohnen und hat es doch erhellt …" Diese Worte voller Licht und Wärme, geschrieben vor so langer Zeit, die mich daran erinnerten, dass Advent eine Wartezeit ist und dass ich nicht vergeblich warte. Worte von derselben Zerrissenheit wie die, die ich tief in mir spürte: Dunkel und Licht, Kälte und Wärme, Trauer und Hoffnung, Lachen und Tränen.

Als ich ihn aus meiner Tasche holte, den kleinen Wunschzettel, da hielt ich das Papier zuerst eine Weile fest und entfaltete es dann sorgfältig, bis es schließlich flach vor mir lag. Ich las zuerst das Handgeschriebene: „Der Krieg dauert schon so lange und ich habe Angst. Ich wünsche mir so sehr Frieden. Wie lange noch, Herr? Ich wünsche mir Frieden."

Da ... auf der anderen Seite des Zettels war ein Lied abgedruckt. Und ich las unter Tränen:

„Ich lag in tiefster Todesnacht,
du warest meine Sonne,
die Sonne, die mir zugebracht
Licht, Leben, Freud und Wonne.
O Sonne, die das werte Licht
des Glaubens in mir zugericht',
wie schön sind deine Strahlen!"

Und ganz unten, klein darunter stand: „Paul Gerhardt, Ich steh an deiner Krippen hier".

Was ich da las, war die Antwort auf den Schrei meines Herzens – meine tiefste Hoffnung, der warme Mantel für meine Seele:

„Wann oft mein Herz im Leibe weint
und keinen Trost kann finden,
rufst du mir zu: ‚Ich bin dein Freund,
ein Tilger deiner Sünden.
Was trauerst du, o Bruder mein?
Du sollst ja guter Dinge sein,
ich zahle deine Schulden.'"

13

Titus Müller

Ich komme ihr zuvor

Mein Wunschzettel bleibt dieses Jahr leer. Ich werde sie heute verlassen. Die Frau, auf deren Augengrund blaue Himmel ruhen, die mit ihren zärtlichen Händen einen Rottweiler zur schnurrenden Katze streichelt, deren Stimme Radiomoderatorinnen wie Krähen erscheinen lässt.

Ich glaube, dass sie sich von mir trennen möchte. Das würde ich nicht überleben. Lieber komme ich ihr zuvor.

Gestern hat sie den Telefonhörer aufgelegt, als ich die Wohnung betrat. Vermutlich sollte ich nicht hören, mit wem sie gesprochen hat. Da ist jemand, der meinen Platz einnehmen wird. Wer sollte es ihr verübeln? Ich bin ein langweiliger Mensch. Sitze stundenlang vor dem Computer, schreibe Geschichten. Was biete ich ihr? Ich kann Partys nicht leiden, fürchte mich vor der Menschenansammlung bei Konzerten, und ich betrinke mich nicht. Immer bin ich der ruhige, besonnene Mann, der neben dem wilden Gebirgsstrom des Lebens im Trockenen sitzt.

Dagegen sie: eine spritzige, lebendige Frau, die am liebsten von früh bis spät mit Menschen zusammen sein möchte. Wenn sie redet, spielen ihre Hände fröhliche Schattenkomödien auf ihrem Oberkörper, wenn sie zuhört, leuchten ihre Augen jedem erzählten Wort ein „Hallo" entgegen, und sie nickt mit einem Lächeln, dass einem geübten Schriftsteller die Sätze durcheinandergeraten. Wahrscheinlich hat es sie nun endgültig verärgert, dass ich beim Schreiben keine Musik im Hintergrund ertragen kann. Sie hat es satt, mich an den Schlüsselbund zu erinnern, wenn ich aus dem Haus gehe. Sie möchte nicht länger meine stumpfen Augen ertragen, wenn sie mit mir sprechen will, ich aber mit meinen Gedanken noch der Geschichte nachhänge, an der ich gearbeitet habe. Ich verstehe sie so gut.

Als sie damals das Liebesgedicht gelesen hatte, das ich bei einem unserer Treffen aus Versehen offen liegen gelassen hatte, konnte ich nicht glauben, was geschah. Sie rieb ihre Nase an meiner und küsste mich. Ich hatte ihr versprochen, nicht mehr als ein guter Freund zu sein, und sie schien glücklich darüber. Ich war überzeugt, dass sie den Gedanken abstoßend finden würde, mit mir eine Beziehung aufzubauen. Warum küsste sie mich?

Nun liege ich neben ihr in einem Ehebett. Wir sind verheiratet! Sonst hätte ich nie zugelassen, dass wir ... Meine Moralvorstellungen. Sicher noch ein Grund, warum sie gehen möchte. Kann ich es ihr verübeln? Nicht einmal eine raubkopierte CD darf bei mir im Regal stehen. Wer würde da nicht wahnsinnig werden?

Warum hat sie mich geküsst? Sie hat so wunderschöne Sachen, die sie anzieht. Ihre Augen wischen einmal prüfend durch den Schrank, und schon hat sie fünf farblich aufeinander abgestimmte Kleidungsteile gefunden, die sie aussehen lassen wie die Pressesprecherin von H&M bei einem Fernsehauftritt. Ich dagegen wechsele Holzfällerhemd mit Sweatshirt und blaue Jeans mit grauer Jeans. Ich könnte Hampelmänner machen, und man würde mich in einer Gruppe von drei bis fünf Menschen nicht wahrnehmen.

Sie hat sich wohl eingeredet, dass sie mich liebt. Wenn man mich einmal bemerkt hat, erzeuge ich in Menschen manchmal ein Mitleidsgefühl, mit dem sie schwer umgehen können. Vielleicht hat sie für eine Weile gedacht, es sei geheimnisvoll, wie mir die Geschichten aus den Fingern fließen. Vielleicht war es aufregend für sie, dass ich sie für die beste Frau der Welt halte. Bis sie gemerkt hat, wie langweilig es mit mir ist.

Sie hat mehr verdient in diesem Leben. Lichter, Reisen, Ereignisse. Ich kann ihr nicht einmal Geld bieten. Seit wir zusammen sind, geht sie an vier Tagen in der Woche als Kellnerin arbeiten. Mein Honorar erlaubt uns ab und an eine kleine Anschaffung, einen kleinen Urlaub. Aber ich biete nicht wirklich das Niveau, das sie verdient hat. Wir leben in einer Zweizimmerwohnung am Rand einer kleinen Stadt und gehen bei ALDI einkaufen. Ihr Bruder arbeitet als Manager in einem großen Autokonzern, ihr Vater ist Politiker auf Landesebene. Dass sie meinen Nachnamen angenommen hat, hat sicher auch damit zu tun, dass sie ihre Familie nicht in Schwierigkeiten bringen wollte.

Sie hat mich geküsst. Und nun sind wir verheiratet. Aber ich werde sie heute verlassen. Sicher mache ich es ihr damit einfacher, weil sie sich nicht schlecht fühlen muss, wenn sie den neuen, anständigen Mann heiratet. Sie wird natürlich Bestürzung vortäuschen, und es wird nicht leicht sein, vor ihren tränenlaufenden Augen standhaft zu bleiben. Aber wenn ich ihr dann anbieten würde, doch bei ihr zu bleiben, würde sie sich ganz schnell beruhigen und sagen, dass ich mich wohl entschieden habe und meinen Weg nun auch gehen sollte. Diesen Hinweis erspare ich mir. Ich fasse den Entschluss und führe ihn zu Ende, ohne zu wanken.

Das kann ich gut. Ich kann Entscheidungen fällen. Etwas, das ihr schwerfällt. Ich liebe es, ihr dabei zu helfen, eine Wahl zu treffen! Wir sind das perfekte Team: Ich berate sie, führe Vorteile und

Nachteile auf, und lenke sie leise. Am Ende lacht sie mich aus und tut so, als hätte sie ganz selbstständig entschieden. Aber ich weiß, dass die Entscheidung auf meiner Hilfe fußt, und sie weiß es auch.

Ich würde ja gern noch einmal mit ihr reden. Vor der Trennung. Einfach eines dieser Gespräche führen, die eine Frage gemeinsam so unendlich befriedigend beleuchten. Ich würde ihr gern noch ein Gedicht schreiben. Manchmal sind mir da wirklich gute Texte gelungen.

Ich würde gern ein letztes Mal ihre Stirn küssen und spüren, wie ihr Körper ganz weich wird. Ich würde gern einen Spaziergang mit ihr machen, mit ihr flüstern vor dem Schlafengehen, einen gemeinsamen freien Tag erleben. Daran darf ich nicht denken. Es wird nur schlimmer, wenn man sich an die guten Dinge erinnert. Ich sollte mich auf das Schlechte konzentrieren.

Zum Beispiel daran, wie sie gestern den Hörer aufgelegt hat, als ich die Wohnung betrat. Ich habe sie danach angeschaut, und sie hat den Blick gesenkt. Es war mit Sicherheit ein Ablenkungsmanöver, mich schnell zu fragen, wie meine Lesung gelaufen ist. Natürlich, es ist in acht Tagen Weihnachten. Aber warum sollte sie deshalb geheime Telefonate führen? Sie weiß, dass ich Überraschungen nicht mag, und sie ist ganz sicher nicht die Frau, die Dinge per Telefon bestellt. Sie würde auch anders lächeln, wenn sie eine Weihnachtsüberraschung für mich vorbereiten würde. Es wäre dieses unterdrückte, aufgeregte Lächeln und das vertuschende Lachen danach.

Eine kleine Wahrscheinlichkeit ist ja da, dass sie tatsächlich wegen Weihnachten telefoniert hat. Ich bin zwar überzeugt, dass es ein neuer Mann ist, mit dem sie sich unterhält, weil es mit mir langweilig wird, aber ich kann es nicht wissen, wenn ich nicht mit ihr darüber gesprochen habe. Wenn ich nun bis Weihnachten noch warte?

Sie liegt neben mir, ihr Gesicht ruht still im Kissen. Bald wird sie die Augen öffnen und mir ein „Guten Morgen“ entgegenleuchten. Wie ich sie liebe!

14

ANDREAS MALESSA

Celestine

„Schön, oder?“

Dass die Paketfrau an der Tür überhaupt noch einen Blick hatte für Schmuckaufkleber neben dem Adressfeld! Roswitha nahm ihr das dekorierte Päckchen ab und las den Namen des Absenders.

„Ja, schön.“ Sie quittierte den Empfang mit ihrer Unterschrift und bemerkte einen Hauch Schweißgeruch bei der Zustellerin. Diese tapfere Seele schleppte Papierberge und Pakete in verwinkelte Hauseingänge – immer unter Zeitdruck.

„Nett, ja. Herzallerliebst. Obwohl von einem Mann. “

„O là, là“, lachte die Postbotin im Weggehen.

„Von meinem Vater, meine ich“, rief Roswitha ihr nach und schloss die Tür.

Das braune Packpapier war mit einem knallrot glänzenden Herzen und zwei weißen Engeln beklebt. Der eine mit so viel Klebstoff, dass er sich wellte. Der andere schien von ungelenker Hand irgendwo ausgeschnitten worden zu sein.

„Schön ist anders“, kommentierte Wolf-Rüdiger trocken. „Seit wann schneidet dein Vater Weihnachtsschmuck aus und beklebt damit Papierbögen?!“

„Wie unsere Kinder früher. Papa wird halt alt.“

Roswithas Vater – oder „Opa Nils“, wie sie immer noch sagten, obwohl die Kinder längst aus dem Haus waren – hatte mit Ende siebzig gerade eine heikle Operation überstanden.

„So was passt gar nicht zu ihm. Man kann doch bei Amazon auf den Button ‚Geschenkverpackung' klicken."

„Die Halskette aus dem Nachlass meiner Mutter gibt's nicht bei Amazon", erwiderte Roswitha und schüttelte das Päckchen in Kopfhöhe. Drinnen raschelte und klackerte was. Na bitte.

„Papa hatte angeboten, mir die Kette zu schicken. Wahrscheinlich hat er sogar noch ein paar Kekse dazugepackt."

„Kekse? Seit deine Mutter tot ist, backt bei ihm niemand mehr Kekse."

Opa Nils war seit zwei Jahren Witwer. Von einer Diakoniestation in seinem Stadtteil bekam er täglich Essen auf Rädern geliefert. Eine afrikanische Haushälterin sah zweimal wöchentlich nach dem Rechten. Celestine kaufte ein, putzte die Wohnung, wusch die Wäsche, entsorgte den Müll, mähte den Rasen. Er hatte sie per Zettelaushang an der Pinnwand eines Seniorencafés gefunden. Ob sie offiziell bei ihm arbeitete oder eine Illegale war, wollten weder Opa Nils noch seine erwachsenen Kinder so genau wissen. Und Celestine selbst – in französisch akzentuiertem Minimaldeutsch fröhlich plaudernd – verfiel in erstaunliche Sprachhemmungen, sobald man sie danach fragte. Sie stamme aus Côte d'Ivoire, von der Elfenbeinküste, und warte auf ihren Mann und die Kinder. C'est tout. Aber sie war zuverlässig und umsichtig, bekam ihre zweihundertfünfzig Euro im Monat und Schluss.

Unter der kindlich geschmückten Verpackung kam kitschig buntes Geschenkpapier rund um einen dünnwandigen Karton zum Vorschein, der an mehreren Stellen fettig durchfeuchtet war.

„Igitt, die Butterkekse haben geschwitzt." Roswitha pellte das Papier zur Seite. Wolf-Rüdiger brach den labbrigen Karton auf, fingerte zwei Kekse heraus und aß. „Stimmt. Schmecken so fruchtig wie panierte Dörrpflaumen." Es krachte, wenn er kaute.

„Iiiih!“

Roswitha schrie auf. Sie stieß das geöffnete Päckchen von sich. Trockenes Gebäck bröselte auf die Tischplatte, eine schwarze Schmuckschatulle fiel heraus und Wolf-Rüdiger konnte lesen, was der ursprüngliche Inhalt des Kartons gewesen war:

„Beinbeutel-Einlaufpassage, steril.“

Die beiden sahen sich an wie zwei Tatort-Kommissare über einer Leiche.

„Das gibt's ja nicht.“ Wolf-Rüdiger setzte sich.

Die nüchterne Produktbezeichnung eines Herstellers von Medizintechnik.

Beinbeutel-Einlaufpassage, steril. Das stand da.

„Papa hat einen künstlichen Harn-Ausgang? Seit wann das denn?!“

Roswitha spürte, wie sich ein Schuldgefühl in ihre Magengegend schlich.

„Und am Telefon sagt er immer: Es geht mir gut. Aber wenn ihm die Folgen seiner Operation zu peinlich sind, warum verschickt er dann Schmuck und Kekse in einem Karton für Urinbeutel?!“

Roswitha hatte sich fürs Erste beruhigt.

„Weil Celestine kein Deutsch kann.“ Ihr Mann flüsterte, als entdecke er gerade ein Verbrechen. „Und weil sie irgendeinen mittelgroßen Karton suchte.“

„Dann ...“ Roswitha deckte die unappetitliche Aufschrift des fettfeuchten Keksbehälters wieder zu. „Dann hat *sie* das quietschbunte Geschenkpapier ausgesucht? Und das Herz und die Engel hat *sie*, und nicht mein Vater, ausgeschnitten und aufgeklebt?“

„Genau. Und die Kekse hat auch *sie* gebacken“, nickte Wolf-Rüdiger und griff sich noch mal zwei, „die schmecken nämlich, nun ja, etwas steril.“

Roswitha war nicht nach Witzen zumute. „Ich ruf sofort Papa an!“

Sie wandte sich zum Gehen.

„Das lässt du mal schön bleiben.“ Wolf-Rüdiger klang lauter als nötig.

„Dein Vater will nicht, dass wir's wissen. Und weiß nicht, dass wir's jetzt wissen. Und die Haushälterin aus Gottweißwo weiß ihm sogar besser zu helfen als wir. Für deinen Vater ein Himmelsgeschenk, würde ich mal sagen. Also ruf lieber diese Celestine an.“

„Und wo finde ich ihre Nummer? Ich weiß ja nicht mal, wie sie mit Nachnamen heißt.“

„Also ihr Vorname heißt ‚himmlisch‘, soviel ich weiß.“

15

Albert Frey

Der Geheimbund

„Schön, oder?“, fragte er sich. Er sah es wie zum ersten Mal. Das vornehme klassizistische Haus der Gesellschaft im Weihnachtsschmuck war ein beeindruckender Anblick. Trotzdem strahlten Architektur und Dekoration etwas Düsteres, fast Bedrohliches aus. War das abschreckende Absicht oder spiegelte es unbewusst die inneren Werte des geheimen Bundes, der hier seine Zentrale hatte? Schließlich stand er in der Diele. Die schweren Türen zum Hauptraum schwangen auf, der Diener blieb respektvoll davor stehen und wies mit einem knappen Nicken nach innen. „Der Großmeister erwartet Sie jetzt.“ Er trat ein, die Nerven aufs Äußerste gespannt. Rechter Hand brannte ein Feuer im Kamin, einige Kerzen ließen die Ausmaße des Raumes nur erahnen.

Am anderen Ende des gewaltigen Raumes trat eine Gestalt aus dem Schatten einer Säule. „Der Kandidat. Setzen wir uns.“ Der Großmeister wies auf zwei alte Sessel am Kamin. Zum ersten Mal sah der Kandidat den Mann an der Spitze der Pyramide, an der Spitze der gesamten Organisation: Er war nicht groß und nicht besonders gekleidet, aber er strahlte eine kompromisslose Autorität aus. Auf diesen Moment hatte der Kandidat lange gewartet. Er war bis in den innersten Kreis vorgedrungen, nun gehörte er dazu.

„Sie sind einen langen Weg gegangen und haben auch die letzten und schwersten Prüfungen bestanden. Was bisher geheim war, das wird Ihnen jetzt offenbart. Fragen Sie, was Sie wissen wollen!“

Sollte er die Frage stellen, die ihm am meisten unter den Nägeln brannte? Wäre das zu direkt, zu naiv? Er wusste, dass er dem Großmeister nichts vormachen könnte, und fragte frei heraus: „Worum geht es hier in diesem Bund wirklich, was ist das große Ziel?"

Es war eine seltsame Frage. Seit vielen Jahren hatte er hier wichtige Persönlichkeiten aus Politik, Wirtschaft und Wissenschaft getroffen. Es ging um ein Netzwerk, um die Erweisung kleiner Gefälligkeiten, um ein unmerkliches Erkennen und die darauffolgende Vorzugsbehandlung. Aber er wusste schon lange, dass noch mehr dahinterstecken musste.

Der Großmeister sah unbewegt ins Feuer und begann mit seiner Antwort: „Ich will es an einem Beispiel erklären. In einigen Tagen feiert die abendländische Welt Weihnachten. Ist Ihnen je aufgefallen, dass dieses Ereignis mit seinem Ursprung so gut wie nichts mehr zu tun hat? Ein Kind in der Krippe, Armut, Verfolgung, Demut, Gnade. Und was haben wir heute: den Weihnachtsmann, Rentiere, Schlitten, Trubel und vor allem Geschenke – jede Menge Geschenke. In vielen Branchen der halbe Jahresumsatz. Natürlich ist diese Entwicklung nicht nur auf uns zurückzuführen. Aber wir haben doch in den letzten zweihundert Jahren einige entscheidende Impulse gesetzt. Das Wirtschafts- und Finanzsystem, die gesellschaftlichen Werte und Machtverhältnisse sind in einem sensiblen Gleichgewicht. Wir sorgen dafür, dass unsere Interessen gewahrt bleiben, ohne dass es jemandem auffällt."

Der Kandidat ließ alle Vorsicht fahren und hakte nach: „Aber wir bekämpfen doch nicht das Christentum, oder?"

„Das wäre töricht. Wir arbeiten hervorragend mit Vertretern aller Kirchen zusammen. Denn es ist wichtig, dort unseren Einfluss geltend zu machen, die Akzente zu setzen. Um beim Weihnachtsbild zu bleiben: Das Kind in der Krippe hat Sprengkraft. Es unterstützt das Subversive, das Alternative, Freiheit und Individualismus. Für das breite Volk wäre das Gift. Die Masse soll arbeiten, einkaufen und im gemütlichen Heim bleiben. Deshalb ist es in unserem Sinne, wenn es an Weihnachten nicht um Menschwerdung oder Erlösung geht, sondern um Konsum und Folklore."

Der Schein des Feuers spiegelte sich flackernd im Gesicht des Großmeisters, der sich ihm nun endlich zuwandte. „Sie sind Journalist. Da brauche ich Ihnen nicht erklären, welche Macht Worte und Bilder haben. Ihre erste eigene Aufgabe wird ein Artikel über Weihnachten sein. Beschäftigen Sie Ihre Leser mit Nebensächlichkeiten, machen Sie den christlichen Ursprung ein wenig lächerlich. Schmeicheln Sie deren Ego und ersticken Sie den Wunsch nach Veränderung im Keim."

Der Kandidat versuchte, seine Angst zu verbergen. Er hatte nicht erwartet, dass er schon beim ersten Treffen mit dem Großmeister einen konkreten Auftrag bekommen würde. Was hatte er sich gedacht? Er verdiente nur einen Bruchteil der meisten Mitglieder hier, konnte ihnen an Ansehen und Einfluss nicht das Wasser reichen. Der einzige Grund, warum er so weit gekommen war, lag wohl in seinem Beruf. Nun gut, dann musste es so sein.

Aber dieser Artikel – er würde nicht Weihachten verhüllen. Dieser Artikel würde die Machenschaften des Geheimbundes aufdecken. Denn er war ein Spion hinter feindlichen Linien, im Auftrag ebendieses Kindes, das er in den Hintergrund verschwinden lassen sollte. Er hoffte, dass seine weichen Knie nicht auffallen würden, als er sich mit dem Großmeister erhob. Die Unterhaltung war offensichtlich zu Ende.

„Vielen Dank für diesen Einblick. Ich hoffe, dass ich Sie überraschen kann." Der Großmeister nickte ihm zu. War da eine Frage, ein Zweifel in seinem Blick? Aber da verschwand er schon zwischen den Säulen. Die Türen schwangen auf und mit jedem Meter hinaus ins Freie wurde es dem Kandidaten leichter ums Herz. Schon begann er, seine Enthüllungsstory im Kopf zu formulieren. Der Großmeister hatte recht: Das Wort ist eine mächtige Waffe …

16

Christoph Zehendner

Immer noch kein Platz

„Ruhe, bitte Ruhe!“ Sichtlich entnervt wischt sich der Aufnahmeleiter den Schweiß von der Stirn, lässt sich in einen Klappstuhl fallen, fächelt nervös mit seinem Drehbuch.

„Also noch mal ganz langsam von vorne: Ihr kippt dem Esel eine Flasche Evian in seinen Bottich und lasst die Flasche demonstrativ stehen, damit die Tierschützer nicht wieder Sturm laufen. Dem Ochsen hängt ihr das Schild ‚Glückliches Rindvieh von glücklichem Bauernhof‘ um, so wie es die Landwirtschaftsministerin gefordert hat. Und dann zahlt ihr die drei Kerle aus, die wir engagiert hatten. Wir brauchen sie nicht mehr als Könige, ihr wisst ja: Die Frauenliga hat protestiert, der Verein für die Förderung junger Nachwuchsgenies und dann auch noch unser Programmdirektor, dessen Großneffe gerade die Schauspielschule besucht. Also ändern wir die Szene ab: Statt der mickrigen drei Weisen nehmen wir eine ganze Schar von jungen und alten Weisen und Weisinnen! Die kommen hier alle von links vorne durch, werfen kurz einen Blick auf die Krippe, legen im Vorbeigehen ihre Geschenke dort auf den Boden und verlassen dann so schnell wie möglich den Raum durch diese Tür hier rechts. – Alles klar?“

Maria nickt, Josef brummt, das Baby lächelt im Schlaf.

Maria flüstert ihrem Josef ins Ohr: „Ist doch ganz egal, wie viele Weisen vorbeikommen, steht doch sowieso nicht so genau in der Weihnachtsgeschichte …“

„Klappe ‚Fröhliche Weihnachten', die 83.!" – ruft der Aufnahmeleiter. Und gibt sich dabei alle erdenkliche Mühe, in diesen kurzen Satz all seine professionelle Motivierungskunst hineinzulegen, seine Schauspieler anzustacheln, sein Team zu Höchstleistungen zu treiben. Doch seine Mühe ist vergeblich.

„Was ist denn jetzt schon wieder?", schnauzt er seinen Assistenten an, der mitten in die Szene hineinplatzt.

„Die Hirten …!", stammelt der Assistent. „Ich meine, die Hirten und Hirtinnen …! Sie wollen die lässigen Dolce-Gabana-Dreiviertelhosen aus Sackleinen nicht anziehen, die wir ihnen nach dem Einspruch der Modebranche verpasst haben. Sie sagen, das Zeug wäre unpraktisch in einem Stall, das wäre eher was für feine Pinkel … Sie sagen …"

„Gar nichts sagen die mehr!", brüllt der Aufnahmeleiter, dem offensichtlich gerade der Kragen geplatzt ist. „Jetzt ist Schluss. Wir haben Rücksicht auf die buddhistische Internationale genommen und einen Typen mit asiatischen Gesichtszügen ins Team geholt. Wir haben den Engeln züchtige Kleidchen ohne tiefen Ausschnitt angezogen, um den Emanzenklub nicht zu verärgern. Auf Wunsch des Einzelhandelsverbands lassen wir statt Gold, Weihrauch und Myrrhe IBM-Laptops, Nikon-Digitalkameras, PUMA-Fußbälle und Aldi-Heizdecken als Geschenke vor die Krippe werfen. Sämtliche Proteste, Einwände, Vorschläge von sämtlichen Minderheitenvertretern und Großlobbyisten haben wir berücksichtigt – drei Dutzend Engel und fast noch einmal so viele Hirten stehen auf unserer Gehaltsliste …"

„Hirten und Hirtinnen!", ergänzt kleinlaut der Assistent. „Und dann noch die beiden, bei denen sich das Geschlecht nicht so eindeutig erkennen lässt, auf Wunsch der Lobby …"

„Von mir aus können die Männer oder Frauen sein oder beides oder gar nichts, schwarz oder weiß oder grau oder braun oder grün, spielt alles keine Rolle. Wichtig ist nur: Die sollen sich jetzt auf der Stelle den Fummel anziehen und gefälligst hierherkommen, sonst …!"

Maria nickt, Josef brummt, das Baby lächelt im Schlaf.

Und wieder flüstert Maria ihrem Josef etwas ins Ohr: „Sie haben doch etwas gelernt in den 2.000 Jahren. Bei uns sind alle Menschen willkommen, ohne Ausnahme. Endlich haben sie's kapiert …"

„Also, jetzt aber: Klappe ‚Fröhliche Weihnachten', die 84.!", ruft der Aufnahmeleiter, und die Zuversicht in seiner Stimme klingt diesmal ausgesprochen bemüht. „Meine Damen, meine Herren, verehrte Sonstige – können wir jetzt bitte endlich …!"

„Eine Mail, wir haben eine dringende Mail von unserem Sponsor bekommen!" Irgendein Wichtigtuer schwenkt ein Stück Papier, hält es dem Aufnahmeleiter unter die Nase. Stockend liest er vor: „Im Hintergrund der Krippe muss der Weihnachtsmann stehen. Roter Mantel, weißer Bart, in der Hand eine große Cola-Flasche, die er Maria anbietet …"

„Stopp, sofort aufhören!" Ein auffallend seriöser Herr mit Nadelstreifenanzug und Aktenkoffer verschafft sich in scharfem Ton Gehör. „Ich vertrete die Herren Caspar, Melchior und Balthasar. In deren Vertrag steht eindeutig, dass sie hier als die drei Weisen aus dem Morgenland eine Hauptrolle zu spielen haben. Sie können die doch nicht einfach mit so ein paar Euro abspeisen … Ich habe hier eine Eilentscheidung des Amtsgerichts …"

„Chef, hier sind zwei wichtige Vertreter der islamisch-christlich-hinduistischen Verbrüderungsunion", unterbricht der Assistent des Aufnahmeleiters. „Sie lassen sich nicht abwimmeln. Die Krippe sei eindeutig ein christliches Symbol, so wie das Kreuz oder die Kirchenglocken auch, ein Zeichen von Intoleranz und Abgrenzung, behaupten sie. Wenn dieses Symbol nicht sofort verschwindet, schalten sie den Rat für Internationale Menschenrechte ein und …"

„*Ruhe!* Bitte geben Sie jetzt endlich Ruhe. Alle!" Der Aufnahmeleiter kann nur noch flüstern. Er ist aufgesprungen, sein starrer Blick macht allen am Set klar: Jetzt wird es ernst. Der Aufnahmeleiter räuspert sich, dann versucht er ein Machtwort: „Hier – pas – siert – nur – noch – das – was – ich – sage", beginnt er leise, aber deutlich, und betont dabei jede einzelne Silbe.

„Der Weihnachtsmann mit der Flasche stellt sich *dort*hin, direkt neben Maria. Die zusätzlichen drei Weisen kommen mit den anderen hier durch und werfen ihre Geschenke zwischen die Säcke mit den Lego-Steinen und den Stapel mit den Computerspielen. Und die Krippe …"

Die Stirn des Aufnahmeleiters legt sich in Falten, seine Finger trommeln auf der Lehne seines Stuhls. „Die Krippe …"

Nach endlos langen Sekunden huscht ein Leuchten über sein Gesicht, mutig spricht er die rettende Idee aus: „Und die Krippe stellen wir einfach raus, hinter den Stall. Hier drin ist's ohnehin schon zu eng, das Baby könnte Platzangst kriegen oder zu wenig Luft. Also raus damit. Und weil ja jetzt wohl wirklich alle Unklarheiten restlos beseitigt sind, fangen wir endlich an. Klappe ‚Fröhliche Weihnachten', die 85. Und Action!"

Maria nickt, Josef brummt, das Baby lächelt im Schlaf weiter – irgendwo draußen, außerhalb des Stalls, von niemandem zu sehen.

Die Schauspieler tun angestrengt genau das, was der Aufnahmeleiter ihnen aufgetragen hat. Heerscharen von Hirten und Weisen und Engeln jeglichen Geschlechts kommen und gehen. Mit der fröhlichen Melodie von „Rudolph the red nose raindeer" auf den Lippen, türmen sie Geschenke in Haufen auf und verschwinden dann wieder hinter den Kulissen.

„Ergreifend! Wunderbar!", seufzt der Aufnahmeleiter, schnäuzt sich gerührt die Nase und badet in Weihnachtsstimmung. In seinem linken Auge glänzt eine winzige Träne der Rührung.

Da wendet sich der sonst so schweigsame Josef mit unbewegtem Gesicht zu seiner Maria. Diesmal flüstert er: „Und sie haben *doch* nichts gelernt. Alles ist wie damals: Sie haben einfach keinen Platz für ihn.“

17

Eckart zur Nieden

Der weiße König

„Es duftet so nach Kerzen“, stellte Lukas fest, als er zur Tür hereinkam.

„Ah, Lukas! Schön, dass du mich besuchst!“, freute sich sein Opa, der alte Herr Lederer, und begann, sich mühsam aus seinem Sessel hochzustemmen.

„Rebekka kommt auch noch“, sagte sein Enkel und zog seinen Anorak aus. „Sie wollte nur eben bei ihrer Freundin vorbeigehen. Wo wir schon mal hier sind. Die wohnt gleich um die Ecke.“

Herr Lederer schloss seinen Enkel in die Arme. „Und eure Eltern?“

„Die kommen auch noch, wenn Papa mit der Arbeit fertig ist.“

Das Altenheimzimmer war klein, aber Herr Lederer hatte es mit Tannenzweigen geschmückt, und die vier Kerzen vom Adventskranz brannten. Plätzchen standen auf dem Tisch.

Lukas setzte sich. „Darf ich ein Plätzchen ...?“

„Natürlich! Nimm nur! Freust du dich schon auf Weihnachten? Ach – dumme Frage! Sicher freust du dich! Was wünschst du dir denn?“

„Ein ferngelenktes Auto, wie Philipp eins hat, und noch so ein paar Sachen. Aber die Geschenke sind ja nicht das Wichtigste.“

Opa lächelte. „Woher hast du denn diese Erkenntnis?“

„Mama sagt das immer. Jeden Tag mindestens viermal.“

„Na, jetzt übertreibst du aber! Was ist denn das Wichtigste? Weißt du das?“

„Klar weiß ich das. Dass Jesus geboren ist. Im Stall, und die Engel und so ..." Lukas zeigte auf die Krippe aus Olivenholz, die auf Opas Kommode stand. „Du, Opa, ich hätte eine Idee, was wir machen können: Schach spielen."

„Ach ja, ich erinnere mich, dass ich es dir mal beigebracht habe. Kannst du es denn noch?"

„Ich hab immer mal mit Papa gespielt. Aber er lässt mich immer gewinnen, als wenn ich noch ein kleines Kind wäre. Wenn du mit mir spielst, sollst du nicht extra Fehler machen."

Opa nickte. „Verstehe. Damit du, wenn du gewinnst, auch wirklich weißt, dass du Sieger bist. Also gut, dann hol mal die Figuren aus dem Schrank!"

Lukas baute das Spielbrett und die Figuren auf, dann losten sie die Farben aus. Opa spielte weiß, Lukas schwarz.

„Eigentlich spiele ich ja lieber mit den weißen Figuren", murmelte Lukas.

„Sagtest du nicht, wir wollten es genau nach den Regeln spielen?", schmunzelte Herr Lederer. Dann begann er mit dem ersten Zug.

Nachdem sie eine Weile gespielt hatten und Lukas schon einen Bauern opfern musste, knüpfte Herr Lederer noch einmal an das Gespräch von eben an. „Du hast gesagt, Lukas, das Eigentliche von Weihnachten sei das Jesuskind in der Krippe, die Engel und die Hirten ..."

„Genau. Das steht in der Bibel. Ein Mann hat es aufgeschrieben, der so heißt wie ich: Lukas."

Opa nickte. „Ja, das ist das Wichtigste. Aber nicht nur diese Geschichte. Es geht auch darum, was sie für uns bedeutet."

„Wie denn – bedeutet?"

„Ich erkläre es dir gleich. Aber jetzt muss ich mich erst mal konzentrieren, sonst nimmst du mir meine Dame weg."

„Ach so, ja, stimmt. Hatte ich gar nicht gesehen."

Eine Weile spielten sie weiter. Es wurde ein ziemlich grausames Gemetzel unter Lukas' Figuren. Herr Lederer warf immer mal einen verstohlenen Blick auf das Gesicht seines Enkels, das sich immer mehr verfinsterte. „Na, soll ich wirklich ohne Barmherzigkeit weiterspielen?", fragte er lächelnd.

„Na klar. Es macht mir nichts aus, wenn ich verliere." Sein Gesichtsausdruck und der Klang seiner Stimme straften allerdings die Worte des Jungen Lügen.

Das Spielfeld war schon ziemlich abgeräumt, da setzte Herr Lederer einen Bauern ins letzte gegnerische Feld. „So, dieser Bauer wird jetzt eine Dame."

„Wie denn – eine Dame?"

„Kanntest du die Regel noch nicht? Wenn ein Bauer bis vorne ..."

„Du, Opa, können wir nicht ... Ich weiß, ich hab gesagt, wir wollen genau nach den Regeln spielen, aber ..."

„Na schön", meinte sein Großvater. „Ändern wir einfach die Spielregeln. Und dabei erkläre ich dir, was das Wichtigste von Weihnachten ist."

„Lass uns doch erst mal fertig spielen, Opa, und dann erklärst du es mir."

„Ich will es dir ja nicht *während* des Spiels erklären, sondern *mit* dem Spiel. Pass auf! Wir durchbrechen alle Regeln und ich setze meinen König in dein Feld. Und dadurch – das ist jetzt die ganz neue Regel – wird er zu einem Bauern."

„Ach ..."

„Aber nicht zu einem *weißen* Bauern wird der weiße König, sondern zu einem schwarzen. Er gehört jetzt zu dir!" Herr Lederer tauschte die Figuren aus. „Und so ist das mit Weihnachten."

„Wieso?"

„Gott, der ewige König über Himmel und Erde, kommt herab und wird ein Mensch. Nach Gottes ewigen Regeln hätten wir alle das Spiel verloren. Genauer gesagt, wir hätten unser Leben verloren. Aber nun hat Gott die Regeln selbst durchbrochen. Jetzt haben wir die Chance zu gewinnen. Das ewige Leben zu gewinnen."

Die Tür flog auf und Rebekka stürmte herein. „Tag, Opa. Da bin ich auch. Ach – ihr spielt Schach? Opa gewinnt sicher."

Lukas meinte: „Na ja, eigentlich schon. Aber Opa hat mir grade erklärt, was das Wichtigste von Weihnachten ist."

„Beim Schachspielen? Komisch. Dann erklär du es mir mal!"

Lukas überlegte einen Augenblick.

Sein Opa sah ihn gespannt an, weil er wissen wollte, was der Enkel verstanden hatte.

Lukas stand auf. „Ich kann das nicht mit so schönen Worten erklären wie Opa. Aber ..." Er nahm den weißen König, ging damit zu den Krippenfiguren auf dem Schränkchen, nahm das Jesuskind aus der Krippe und legte die Schachfigur hinein. Der König war etwas zu groß dafür, sodass der Kopf darüber hinausragte. „So ungefähr", erklärte Lukas.

„Ich glaube, du hast es verstanden", stellte Opa fest.

„Ich nicht!", bemerkte Rebekka.

Aber da klopfte es und ihre Eltern kamen.

18

Ilse Ammann-Gebhardt

Wie ein Traum, der entflieht …

„Jetzt aber schnell“, flüsterte Britta, „schnell nach Hause!“ Sie stieg ins nächste Taxi und nannte die Adresse. Der Wechsel von Südafrika nach Deutschland war jetzt, drei Tage vor Weihnachten, wie ein Schock. Dort war die Luft voll heller, flimmernder Sommerhitze, hier aber hatte es gefroren und die Wolken hingen dunkel über dem weiß verschneiten Winterland. Sie hatte gewusst, dass es um diese Zeit zu Hause kalt und dunkel war. Aber sie hatte den Wechsel noch nie so stark empfunden.

Ich bin eine richtige Südafrikanerin geworden, dachte sie und lächelte vor sich hin. Doch das Lächeln erstarb gleich wieder: Mama war tot. Sie fand das Telegramm vor drei Tagen unter ihrer Post, als sie und Henry vom Urlaub zurückkehrten. Und jetzt war Mama schon beerdigt.

Während ihr Taxi sich durch die weihnachtlich geschmückten menschenleeren Straßen quälte, saß Britta fast teilnahmslos auf der Rückbank; sie konnte es noch immer nicht fassen. Sie hatte mit Anne telefoniert und Näheres erfahren: Nein, Mutter hatte nicht gelitten, war nicht krank gewesen. Sie saß am Frühstückstisch, als ihr Herz einfach stehen blieb. – Und der Vater?

„Er ist seitdem bei uns“, erklärte Anne am Telefon, „ich konnte ihn ja nicht mit seinen fünfundachtzig Jahren allein in der Wohnung lassen. Wir müssen darüber reden.“ Genau. Deshalb kam Britta heute nach Hause.

Das Haus erschien ihr in der schwarzen Dunkelheit fremd und abweisend. Sie besaß noch immer ihren Hausschlüssel, mit dem sie die Tür öffnete. Tapfer trat sie ein. Sie drückte auf den Lichtschalter – die Lampe flammte auf. Koffer und Handgepäck stellte sie im Flur ab, den Mantel hängte sie an den Haken. Dann rief sie laut, wie sie früher immer gerufen hatte und damit man überhaupt eine Stimme hörte: „Mama? – Mama!“

Alles blieb still. Da ging sie von Raum zu Raum, drehte die Lichter an und schaute sich um. Sie ging nach oben und drehte auch dort alle Lichter an, ließ alle Türen offen stehen. Es sah aus, als wären die Eltern nur kurz ausgegangen und müssten gleich wiederkommen. Aber es war still, so unsagbar still im Haus.

Der Kühlschrank war fast leer, der Gefrierschrank aber wohlgefüllt. Plötzlich fühlte sie sich hungrig, setzte Teewasser auf und schob eine Pizza in den Backofen. Es war zwei Uhr nachts. Morgen früh würde sie Anne anrufen …

Damit das Haus lebendiger aussah, ließ sie einige Lampen im Haus brennen, als sie schlafen ging. Doch sie fühlte sich einsamer denn je im Leben: Mama war nicht mehr, die doch ein Leben lang zu ihr gehört, mit der sie sich so innig verbunden gefühlt hatte, wo immer sie auch auf diesem Planeten weilte. Sie war da gewesen – man brauchte nur zum Telefon zu greifen. Sie nie mehr zu sehen, nie mehr mit ihr reden zu können – ach!

Irgendwann schloss der Schlaf ihr die müden Augen. Britta träumte … Alles war wie immer. Mama war da, sie redeten miteinander, lachten miteinander, und sie wunderte sich, dass sie gemeint hatte, Mama sei tot. Wie dumm von ihr! Sie sprachen von Weihnachten, und Mutter sagte: „Alles ist da, Britta, aber ich habe noch nichts verpackt.“ – „Das tu ich, Mama, wo sind …?“

Da ging die Mutter mit ihr zu dem einen und anderen Schrank und zeigte ihr, wo die Geschenke für jeden lagen. Sie gingen von Raum zu Raum und die Treppe nach oben … Brittas Herz war von einer fast überirdischen, leuchtenden Freude erfüllt. Ach, Mama, sagte sie und schloss die Arme stürmisch um die Mutter – da war sie plötzlich verschwunden.

Als Britta am Morgen aufwachte, ging sie leise verwundert durch die Wohnung. Sie wusste, sie hatte in der Nacht geträumt. Sie fühlte, dass es etwas Schönes gewesen sein musste. Ein Lächeln war in ihrem Herzen, aber der Traum war verschwunden. Er schien etwas mit Mama zu tun gehabt zu haben, doch sie konnte sich an nichts mehr erinnern.

Als sie am Nachmittag einkaufen ging, besorgte sie auch Geschenkpapier und Glanzkordel. Traumbefangen stand sie im Wohnzimmer und schaute sich um. Sie glaubte sicher zu sein, dass Mutter Geschenke gekauft hatte, doch wo mochte sie die hingetan haben? Britta ging auf die Schrankwand zu und öffnete eine obere Tür. Sie staunte: Da lag in eine Plastiktüte gewickelt ein dickes Buch. Sie las Titel und Autor und wusste, dass es für Papa war. Sie stand weiter vor dem Schrank – tastete plötzlich seitlich obendrauf und holte auch da ein Päckchen herunter. Es war schwer für seine Größe, was mochte es wohl enthalten? Erstaunt las sie den angehefteten Vermerk: Für Britta.

Sie erschrak: Offensichtlich war es Mama in letzter Zeit doch nicht so gut gegangen. Sonst wäre das Päckchen schon längst bei ihr in Südafrika angekommen! Jedes Jahr hatte Mama ein Päckchen geschickt.

Sie legte beides auf den Tisch, und ohne dass sie sich selbst erklären konnte, warum sie es tat, schaute sie in die Ecke neben Vaters Schreibtisch: Da sah sie einen Weinkarton mit sechs Rotweinflaschen. Sie wusste, die waren für Jürgen bestimmt, Annes Mann. Und Anne? Langsam, wie im Traum, ging Britta die Treppe nach oben, betrat das Schlafzimmer der Eltern und schaute sich um.

Es sah alles aus wie immer, die Betten waren gemacht und abgedeckt. Auf Mamas Nachtschränkchen lief die Uhr noch immer weiter und ihr Morgenmantel hing an seinem Platz. Da sah sie auf der Kommode die volle Plastiktüte eines bekannten Modehauses. Sie wusste, dass es das Geschenk für Anne war. Sie wusste es einfach und wunderte sich.

Britta hatte gerade die Geschenke verpackt, als Anne draußen schellte. Sie fielen sich um den Hals.

„Ach Britta, unsre Mama!" Jetzt flossen auch bei Britta die Tränen. Sie redeten miteinander, tupften die Tränen, die immer wieder hervorbrachen, bis es nichts mehr zu reden gab.

„Komm mit zu uns, Britta, bleib nicht allein hier im Hause", bat Anne.

Britta dankte der Schwester: „Ich möchte diese Nacht noch hierbleiben. Ich nehme mir morgen ein Taxi und komme am Nachmittag. Und ich freu mich auf euch alle!"

Ihr blieben nur drei Tage. Ich muss diesen Abend noch für mich haben, dachte sie, hier im Haus, wo ich aufgewachsen bin. Sie empfand ihren Besuch wie ein Abschiednehmen.

Später saß sie im Wohnzimmer, blätterte die Familienalben durch, sah die Eltern in jungen Jahren mit ihnen als Kinder – und die alten Zeiten kamen ihr ganz nahe. Still brannten die Kerzen. Sie ging an Papas Bücherschränken vorbei, las viele Titel und viele Autorennamen, nahm das eine oder andere Buch zur Hand, Bücher auch, die sie selbst dem Vater geschenkt hatte. Es war so lange her. Sie öffnete die Vitrine, nahm eine zarte Tasse, einen Meißener Teller zur Hand und strich mit den Fingern über Mamas Lieblingsporzellan – ach! Sie besah die großen und kleinen Fotos an den Wänden der Zimmer …

So nahm sie Abschied, langsam und bewusst: Abschied von

Mama, Abschied von ihrem Leben hier im Elternhaus. Sie wusste, sie würde in Südafrika bleiben, würde nur noch selten hierher zurückkommen. Henry, ihr Mann, wartete auf sie und sie sehnte sich jetzt schon so sehr nach ihm. Aber morgen würde sie ihren alten Vater in die Arme schließen und mit allen Heiligabend feiern. Heiligabend daheim in Deutschland, unvergleichlich und unvergessen.

Erinnerungen an so viele Weihnachtsfeste stiegen in ihr auf, Erinnerungen an so manchen feierlichen Weihnachtsgottesdienst, die alte und doch immer neue Weihnachtsbotschaft: „Denn euch ist heute der Heiland geboren …" Erinnerungen an Orgelklänge und jubelnde Chorgesänge – das alles würde ihr im Herzen bleiben.

Als sie spät im Halbdunkel lag, dachte sie darüber nach, wie es denn nur möglich war, dass sie die Weihnachtsgeschenke mit fast traumwandlerischer Sicherheit gefunden hatte. Es war, als sei Mama neben ihr hergegangen und habe ihr gezeigt, wo alles lag. Mama! Britta lächelte vor sich hin – allein schon der Gedanke machte sie froh. Aber was man doch für seltsame Ideen hat?

Eigentlich war alles, das Leben in diesem Haus und alles, was danach gekommen war, unendlich kostbar für sie – und doch nur wie ein schöner, flüchtiger Traum, der leise entwich …

19

Christoph Zehendner

Die geklaute Weihnachtsfreude Oder: Nicht zur Nachahmung empfohlen!

„Ihr Wunschzettel ist in diesem Jahr besonders lang ausgefallen. Eiskalt und mit größtmöglicher Raffinesse hat sie sich all das besorgt, was auf der Liste steht. Aber diesmal hat sie sich einfach zu viel vorgenommen. Und sie ist unvorsichtig geworden – bei ihrem letzten Diebstahl in einem Kaufhaus an der Kaiserstraße haben wir sie schon erwartet …"

Hauptkommissar Weller lehnt sich zufrieden zurück, blättert geistesabwesend die dicke Akte durch, die vor ihm auf dem Tisch liegt. „Die alte Dame hat es diesmal einfach übertrieben: CD-Player, Kuschelteddys, Barbie-Puppen mit jeder Menge Klamotten, Fußbälle, Rollerskates, Bilderbücher … Wer sich eine solche Menge Weihnachtsgeschenke an der Ladenkasse vorbeiorganisiert, der muss einfach auffallen. Trickreich, skrupellos, bis an den Rand voll mit krimineller Energie, die alte Dame. Hat ganz schön gedauert, bis wir ihr auf die Schliche kamen. Wer rechnet schon damit, dass der lang gesuchte Täter eine klapprige alte Schachtel über achtzig ist? Aber zum Glück ist das ja jetzt vorbei, die Weihnachtsüberraschung fällt diesmal bei ihr aus!"

„Ja, Chef", brummt Ralf Pohlmann, der Student der Polizeihochschule, der gerade ein Praktikum auf Wellers Revier macht. „Sie haben recht, Chef, es wurde höchste Zeit, dass wir dieser Ladendiebin endlich das Handwerk legen. Seit Jahren schon hat sie geklaut wie ein Rabe, ich konnte es kaum glauben, als ich die Akte durchgesehen habe. Aber skrupellos ist sie nicht, und kriminelle Energie kann ich auch nicht erkennen. Sie sitzt draußen im Flur und heult sich die Augen aus …"

„Nicht so sentimental, Pohlmann. Sie ist eine Straftäterin, wir haben sie auf frischer Tat ertappt, wir haben viele Indizien dafür, dass sie seit Jahren in der Adventszeit systematisch sämtliche Spielwarengeschäfte und Kaufhäuser dieser Stadt beklaut – da fehlt mir jegliches Mitleid!"

„Ja, Chef, versteh schon", erwidert Pohlmann kleinlaut, während er mit nervöser Hand Strichmännchen auf den Block vor sich zeichnet. „Sie haben ja recht. Die alte Dame bereut, was sie getan hat, sie ist total zerknirscht, macht sich Vorwürfe und kann es selbst nicht fassen, was geschehen ist …"

„Kein Wunder, dass sie heult. So professionell, wie die vorgegangen ist, weiß sie ganz genau, dass ihr bei dem Gesamtschaden, den sie angerichtet hat, eine empfindliche Strafe droht. Das ist natürlich zum Heulen, auch für so ausgebuffte Verbrecher wie sie."

„Ja, Chef, sie rechnet mit einer Gefängnisstrafe. Aber deswegen weint sie nicht. Ich habe das Gefühl, dass sie schon lange darauf gewartet hat, dass wir sie schnappen. Frau Hieber wirkt fast erleichtert darüber, dass der Spuk für sie endlich vorbei ist. Tränen vergießt sie aus einem völlig anderen Grund."

„Na, da bin ich ja mal gespannt, welchen Grund der verehrte Herr Großmutter-Versteher zu Protokoll geben wird." Weller ist verärgert aufgestanden, baut sich vor dem sitzenden Praktikanten auf. Auf dessen Block sind inzwischen Zeichnungen von unzähligen Strichmännchen zu sehen. Und von Geschenken mit und ohne Schleifenband, großen und kleinen. „Ich finde es ja lobenswert, dass Sie sich so in unsere Kundschaft einfühlen, Herr Pohlmann, aber wir sind hier keine Psychologen und keine Heilsarmee, wir sind die Polizei und sorgen für Recht und Ordnung."

„Ja, Chef, das ist mir bewusst, deswegen habe ich diesen Beruf ja auch gewählt. Aber so verrückt es klingt: Frau Hieber hatte im Grunde auch nichts anderes vor, als für Recht und Ordnung zu sorgen ..."

„Jetzt reicht's aber, Pohlmann! Entweder Sie hören auf mit diesen seltsamen Andeutungen oder Sie sagen mir klipp und klar, welche Schlussfolgerungen Sie aus den ersten Aussagen der Dame ziehen. Und ich rate Ihnen, dass sich Ihre Argumentation sehr logisch und sehr überzeugend anhören sollte!"

„Das ist ja das Problem, Chef, ich finde die ganze Angelegenheit und diese Frau Hieber kein bisschen logisch – ich kann sie einerseits verstehen und andererseits überhaupt nicht. Aber ich fange am besten mal ganz von vorn an und erzähle Ihnen, was ich weiß: Frau Hieber lebt nicht weit weg von hier in einer Zweizimmerwohnung im Westen. Sie ist schon seit Jahrzehnten verwitwet, hat keine Kinder, keine Verwandten, die Rente reicht so gerade eben für sie und ihren Kater. Ihr ganzer Lebensinhalt aber ist ihre Kirchengemeinde. Sonntag für Sonntag marschiert sie zum Gottesdienst, unter der Woche hilft sie jeden Tag mit bei allen möglichen Aktivitäten, und besonders oft geht sie zum offenen Jugendtreff."

„Zweiundachtzig Jahre alt und regelmäßig im Jugendtreff? Pohlmann, was erzählen Sie da für einen Stuss?"

„Chef, ich kann ja nur wiedergeben, was ich gerade selbst von ihr gehört habe. Sie war etwas durcheinander, verwirrt, aber so habe ich sie verstanden: Sie fühlt sich als eine Art Ersatz-Oma für all die Kinder und Jugendlichen aus der Hochhaussiedlung, die regelmäßig in den Jugendtreff kommen, weil es dort eine warme Suppe und ein paar warme Worte für sie gibt."

„Und da zieht sie einfach los, klaut alles, was das Kinderherz begehrt, und fühlt sich dann auch noch als Streiterin für Recht und Ordnung. Pohlmann, Sie sind wirklich naiv!" Weller hat sich wieder hingesetzt, er sieht aus dem Fenster und drückt schon durch diese Körperhaltung aus, wie unsinnig er das findet, was sein Praktikant ihm gerade zu vermitteln versucht.

„Frau Hieber weiß, dass sie einen riesengroßen Fehler gemacht hat, sie würde es gern rückgängig machen. Aber sie sagt auch immer wieder: ‚Ich konnte einfach nicht anders.' Sie heult – weil es in diesem Jahr keine Weihnachtsbescherung im Jugendtreff geben wird. ‚Jemand muss doch etwas für diese Kinder tun', sagt sie immer wieder. Die haben einfach niemanden, der sich um sie kümmert. Keinen Vater, der sie in den Arm nimmt, keine Mutter, die ihnen zuhört. Und Weihnachten, da wird bei denen zu Hause doch nur geglotzt und gesoffen, und dann wird gestritten und zugeschlagen … ‚Diese Kinder sind so arm dran, sie brauchen so sehr Liebe und Verständnis', sagt sie. Und: ‚Es ist einfach nicht gerecht, dass ihre Altersgenossen mit Geschenken bombardiert werden und sie leer ausgehen. Da musste ich doch einfach ein Stück Weihnachtsfreude verbreiten.' Und genau deshalb hat sie schon vor Jahren mit den Ladendiebstählen begonnen. Erst hat sie sich eine Liste geschrieben, ihren Wunschzettel – so wie den, den sie bei ihrem vorletzten Diebstahl im Spielwarengeschäft am Marktplatz verloren hat. Für jedes einzelne Kind hat sie sich ein passendes Geschenk ausgedacht und das dann bei ihren systematisch geplanten Touren besorgt. Eigentlich wie eine liebevolle Großmutter – nur eben, ohne zu bezahlen." Der Praktikant fährt mit dem Kugelschreiber auf und ab und achtet gar nicht darauf, dass er dabei seine vielen Strichzeichnungen immer wieder durchstreicht.

„Pohlmann, hören Sie auf mit dieser Gefühlsduselei. Ich glaube der alten Schnecke kein Wort. Wenn sie wirklich fromm wäre, dann würde sie das achte Gebot kennen – oder war's das siebte: Du sollst nicht stehlen! Soll sie ihren Kids doch warme Socken stricken oder Weihnachtsengel basteln."

„Hat sie doch alles gemacht, Chef. Aber dazu gab's dann eben für jeden ein ganz besonderes Geschenk, einen Herzenswunsch jedes Kindes und jedes Jugendlichen. Und das hat sie eben geklaut."

„Schluss jetzt, Pohlmann. Ich hab Ihnen lange genug zugehört bei diesem Quatsch … jetzt hören Sie mir mal zu."

Weller hat sich vom Fenster weggedreht und sieht seinem Praktikanten lange prüfend in die Augen. Der hält seinem Blick stand.

„Also Pohlmann. Erstens: Sie werden diese Frau Hieber nicht weiter vernehmen, ich entziehe Ihnen den Fall. Ein anderer Kollege wird sich mit aller gebotenen Distanz und Strenge mit Frau Hieber beschäftigen. Zweitens: Sie rufen jetzt den Pfarrer von Frau Hieber an und bitten ihn vorbeizukommen und der reuigen Sünderin Beistand zu leisten. Und drittens … Drittens sprechen Sie mit den Kollegen, die die Tombola bei unserer Weihnachtsfeier organisieren. Soweit ich weiß, ist noch offen, wohin der Gewinn in diesem Jahr gehen soll. Sagen Sie denen, wir wüssten ein sinnvolles Projekt, das ‚Projekt Weihnachtsoma'. Die Polizei, dein Freund und Helfer – vielleicht können wir ja diesmal dabei helfen, dass in dem Jugendtreff etwas Recht und Ordnung einziehen. Da können wir ja sicher ein paar Geschenke von der Wunschliste finanzieren. Und ein bisschen Weihnachtsfreude verbreiten …"

20

Manfred Siebald

Weihnachtskonzert

Wunderbar. Einfach wunderbar, in diesem Zug zu sitzen – auch wenn er heute so hoffnungslos überfüllt ist wie an keinem anderen Tag des Jahres. Der Sonntag vor dem Montag, auf den in diesem Jahr der Heilige Abend fällt, ist anscheinend für alle Menschen dieses Landes der Tag, an dem sie heim zur Familie fahren. Auch Barbara, vor Jahren beruflich in Saarbrücken gelandet, zieht es nach Hause – allerdings nicht nur aus familiären Gründen. Sie hat noch ein ganz anderes Ziel, auf das sie auch zusteuern würde, wenn es sich nicht in ihrer Heimatstadt Frankfurt befände.

Es ist das Weihnachtskonzert in der Alten Oper, das dieses Jahr eine Sensation bietet. Marie-Josephine Pascal aus Paris wird einen Tag vor Heiligabend Bachs Goldberg-Variationen spielen. Die große alte Dame des Pianos wird endlich, nach vielen Jahren, wieder konzertieren. Jahr für Jahr hat man es in den Feuilletons gelesen, dass sie alle hoch dotierten Angebote zu öffentlichen Auftritten ablehnte. Aber nach vielen vergeblichen Hoffnungen und Ankündigungen soll es dieses Jahr wohl Wirklichkeit werden. In kürzester Zeit waren vor ein paar Wochen die Karten im örtlichen Vorverkauf und über das Internet vergriffen, und Barbara schätzt sich glücklich, gleich nach Bekanntwerden der Sensation eine ergattert zu haben. Sicher sind die Goldberg-Variationen, entstanden als Auftragskomposition zur Unterhaltung eines schlaflosen Grafen, nicht ein typisch weihnachtliches Programm, und eigentlich sind sie für den riesigen Saal der Alten Oper viel zu intim, aber das ist zweitrangig – wenn nur Madame Pascal sie spielt.

Marie-Josephine Pascal ist ihr ein Begriff, seit ihre Klavierlehrerin ihr damals eine CD mitgab, auf der Schumanns Album für die Jugend in einer Aufnahme von Madame Pascal zu hören war. Danach hatte sie von ihrem Taschengeld eine CD nach der anderen erstanden. Alle waren ohne Bild der Künstlerin. Immer hieß es, dass sie eine sehr zurückgezogene Person sei, die nur in Ausnahmefällen öffentlich auftrete. Wenige Menschen waren überhaupt im Besitz von Bildern – und diese stammten alle aus früheren Jahren. Inzwischen musste Madame Pascal steinalt sein.

So alt vielleicht wie die kleine, silberhaarige Dame in dem dunkelgrünen Wollkleid, die schräg gegenüber von ihr im Abteil sitzt. Als vorhin der Zugschaffner kam, um die Fahrkarten zu kontrollieren, fragte er: „Warum sitzen Sie nicht in der ersten Klasse? Sie haben doch einen entsprechenden Fahrschein, und Sie haben sogar eine Platzreservierung." Als sie nichts erwiderte, sondern ihn nur aus ihren dunklen Augen ratlos anschaute, fuhr er fort: „Na ja, heute ist wohl alles ein bisschen irregulär. Wie immer an Weihnachten: kein Raum in der Herberge. Wahrscheinlich hat es sich irgendjemand auf Ihrem Sitzplatz bequem gemacht. Aber wenn Sie es wünschen, verschaffe ich Ihnen Ihren reservierten Sitzplatz." Sie schaute ihn weiter an, als verstünde sie nicht alles, was er sagte, und schließlich gab er auf. „Gut, Sie sitzen ja wenigstens im Abteil und müssen nicht herumstehen wie die Leute auf dem Gang."

Barbara hat die einseitige Unterhaltung aus dem Augenwinkel mitverfolgt. In der Sonntagszeitung, die sie sich noch am Bahnhof gekauft hat, liest sie gerade einen Artikel über die Bedeutung des Weihnachtsfestes. In einer Studie wurde festgestellt, dass die überwiegende Mehrheit der Jugendlichen wenig oder keine Ahnung davon hat, worum es sich bei Weihnachten überhaupt handelt. Am meisten amüsiert sie die Aussage eines Zwölfjährigen, dass man Weihnachten wohl zum Gedenken an den Tod des Weihnachtsmannes feiert. Der Artikel selbst mokiert sich nicht nur über das religiöse Analphabetentum der jungen Generation, sondern bietet auch in einer von Tannenzweigen umrandeten Spalte die Weihnachtsgeschichte aus dem Lukas-Evangelium und dazu noch den Bericht über die Reise der Weisen aus dem Matthäus-Evangelium – anscheinend als eine Art kulturelle Entwicklungshilfe.

Barbara liest die Geschichten gleich zweimal, liest von dem Paar, das auf der Reise in die Heimat keinen Platz in der Herberge findet, liest von den Hirten und ihrem Erschrecken und von dem Kind in der Krippe, dem niemand zutraute, der Sohn des Höchsten zu sein. Und dann noch von den Weisen, die Gold, Weihrauch und Myrrhe brachten. Heute, in der Enge dieses Zugabteils, berührt sie der Text ganz anders als bei früheren Weihnachtsfesten, an denen die Worte und Lieder der Engel durch die Weite des dunklen Doms hallten und irgendwo hinter den Säulen verklangen. Die alte Dame von gegenüber hat währenddessen die Augen geschlossen, scheint zu schlafen, bewegt aber von Zeit zu Zeit die Finger der rechten Hand rhythmisch auf ihrer beigen Handtasche.

Nach der langen Reise ist Barbara froh, als der Zug endlich in den Frankfurter Hauptbahnhof einfährt. Die alte Dame schreckt beim gedämpften Kreischen der Bremsen auf und fasst ihre Handtasche fester. Sie nickt dankend mit dem Kopf, als ihre junge Nachbarin ihr den kleinen Koffer aus der Gepäckablage holt, und dann ist sie im Gewühl des Abteilgangs verschwunden, während Barbara sich um ihre eigene Reisetasche und den Rucksack kümmert. Schade – sie hatte eigentlich weitere Hilfe anbieten wollen, aber andererseits kann sie sich so gleich auf den Weg nach Hause zu ihren Eltern machen. Ein paar Stunden will sie noch mit ihnen reden, Kaffee trinken und Pläne für die Weihnachtsfeiertage schmieden, ehe sie zum Konzert aufbricht.

Am Abend dann sitzt sie – vorletzte Reihe, Rang – in der Alten Oper und schaut hinunter auf die dunkle leere Bühne, auf der nur der mächtige Flügel steht. In ihrer linken Jackentasche spürt sie den Flakon mit dem edlen Duft aus der Parfümerie, in der sie arbeitet. Sie hat ihn in demselben Goldpapier verpackt, das sie in diesem Jahr viele Male verwendet haben. Irgendwie hatte sie das dringende Bedürfnis, dieser wunderbaren Pianistin etwas zu schenken, so wie sie es oft in Konzerten beobachtet hatte. Da waren Menschen aus dem Publikum nach vorn zur Bühne gegangen und hatten große Sträuße oder kleine Päckchen auf den Bühnenrand gelegt, manchmal auch nur eine einzige Blume. Vielen hatte man angesehen, dass sie, ohne sich dadurch irgendwelche Privataudienzen zu erkaufen, einfach nur Danke sagen wollten für das wunderbare Geschenk der Musik. Diesmal will sie es genauso halten, will der Meisterin danken für die Kraft, die aus ihrem Spiel in Barbaras Leben geströmt ist. Ob Marie Pascal überhaupt ein solches Parfüm mag? Egal, es ist dasjenige, das Barbara selbst am meisten liebt, und das Beste möchte sie dieser Frau schenken.

In den vordersten Reihen regt sich etwas. Vereinzeltes Klatschen der besser Platzierten deutet an, dass man durch die offene Tür schon etwas gesehen hat. Und dann kommt sie auf die Bühne, unter dem zu einem mächtigen Rauschen anschwellenden Applaus, und geht auf den Flügel zu – eine kleine, fast zerbrechliche Gestalt in einem dunkelgrünen Wollkleid mit einer beigen Handtasche. Zweimal, dreimal, ein Dutzend Mal muss Barbara hinschauen: Es ist tatsächlich ihre silberhaarige Abteilnachbarin aus dem überfüllten Zug. Die Handtasche bekommt ihren Platz neben dem Klavierstuhl, und mit einem leichten Neigen ihres Kopfes wendet sich die Pianistin zuerst ihrem Publikum und dann den Tasten zu.

Die ersten Töne erklingen – nicht tastend oder zögernd, sondern mit Bestimmtheit und einer ruhigen Selbstverständlichkeit – und lassen Barbara denken: „Und ich habe nicht gemerkt, wer da zum

Greifen nahe in meinem Abteil gesessen hat … Wie gut, dass in der ersten Klasse kein Platz mehr war und dass sie deshalb die ganze Zeit in meiner Nähe gesessen hat." Die erste Aria ist vorbei, Polonaise, Sinfonia und Canon und alle anderen der dreißig Variationen werden folgen, bis endlich die Wiederholung der Aria einen unendlichen schöpferischen Reichtum noch einmal in der kleinen musikalischen Form von 32 Takten zusammenfassen wird.

Während unten auf der Bühne Bachs Komposition für den jungen Johann Gottlieb Theophilus Goldberg tatsächlich Stück für Stück zu einem Berg von goldenen Tönen anwächst, sinkt in Barbara der unglaubliche Stress der letzten Wochen in sich zusammen, der Ärger über unverschämte Kunden, die Scham über ihre eigene Ungeduld. Welten von ungeahnten Möglichkeiten des Lebens öffnen sich in ihr, setzen Hoffnungen frei, wecken Gefühle der Ehrfurcht und gleichzeitig der Zärtlichkeit. Sie spürt es: Sie wird nach dem Konzert, vor der ersten Zugabe, nach vorn gehen und Marie-Josephine Pascal ihr Geschenk und ihre Überraschung und ihre Dankbarkeit überreichen. Vielleicht sogar so etwas wie ihre Liebe.

Ist das der letzte Ton gewesen? Sind die eineinhalb Stunden wirklich schon vorbei? Sie weiß nicht, wie es geschieht, aber auf einmal steht sie vorn am Rand der Bühne. Und während der Applaus hinter ihr seinem Höhepunkt zustrebt, hat sie nur noch Augen für die Meisterin, die sich beim Verbeugen anscheinend zu niemand anderem als zu ihr herunterneigt. Als gäbe es jetzt nichts anderes auf der Welt zu tun, greift Barbara in ihre linke Jackentasche und legt der kleinen Gestalt ihr Herz zu Füßen.

21

Gerrit Pithan

Die Stille der Sistina

„Ruhe, bitte Ruhe!", hatte Marcello wie schon so oft in das Mikrofon gerufen. „Silenzio!" Und tatsächlich, es wurde ruhiger. Aber plötzlich schaute er erstaunt um sich, denn es herrschte absolute Stille in der Sixtinischen Kapelle.

Die Touristen waren nicht etwas leiser geworden, sondern es war still, als hätte man mit einer Handbewegung am Radio den Ton abgedreht. Die Menschen drängten sich wie sonst auch, zeigten mit den Fingern, blickten mit Operngläsern zu Michelangelos Fresken und – redeten. Kein Zweifel, sie redeten. Aber Marcello hörte keinen Laut. Irritiert klopfte er mit seinem Finger auf das Mikrofon. Nichts. Er steckte einen Finger in sein rechtes Ohr und wackelte damit hin und her. Stille. Dann sah er seinen Kollegen Luigi, der ein paar Jugendliche von den Altarstufen verscheuchte.

„Luigi!", rief er. Kein Ton. Luigi beachtete ihn nicht. Aber nicht nur sein Kollege hörte ihn nicht, er selbst konnte seine eigene Stimme nicht hören. Marcello ging auf Luigi zu und zupfte ihn am Ärmel. Als sie die Sistina verlassen hatten, versuchte er ihm zu erklären, dass er nichts mehr hören konnte. Sein Kollege redete auf ihn ein, wie er an seinen Lippen sehen konnte. Marcello kramte einen Zettel aus der Innentasche seiner Uniform hervor und schrieb: „Ich kann nichts hören. Ich kann nicht sprechen. Hilf mir!"

Drei Wochen war das jetzt her, und der November neigte sich dem Ende zu. Carlotta, seine Frau, war mit ihm zum Arzt gegangen, der ihn gründlich untersucht hatte. Abschließend zuckte der Dottore mit den Schultern: Organisch war nichts zu finden. Seine Frau hatte geweint, bis sie sich sagte, dass sie stark sein müsse. Deshalb begann sie zu jeder Tages- und Nachtzeit Kamillentee zu kochen, denn Marcello müsse sich beruhigen, dann komme seine Gesundheit schon wieder.

Marcello war bis auf Weiteres krankgeschrieben, obwohl er sich bis auf Gehör und Stimme putzmunter fühlte. Es waren nur noch zwei Jahre bis zu seiner Rente, wie er seinem Vorgesetzten im Vatikan klarzumachen versuchte.

„Wir haben zwar hier einen guten Draht nach oben", schrieb dieser ihm auf, „aber auch wir müssen der Sorgfaltspflicht eines Arbeitgebers genügen."

Und nun lief Marcello Tag für Tag als Besucher durch die Säle der Vatikanischen Museen. Seine Kollegen grüßten ihn, und er grüßte zurück; mehr Kommunikation war ohne Zettel nicht möglich. Manchmal war er versucht, beim Grüßen an seine Uniformmütze zu tippen, bis er sich wieder schmerzlich bewusst wurde, dass er ungewohntes Zivil trug.

Wenn das Museum schloss, setzte er sich noch für eine Stunde in die menschenleere Sistina, in der alles begonnen hatte. Luigi hatte anfangs versucht, ihn davon abzuhalten. Da hatte er Luigis Hand genommen und ihm stumm in die Augen geschaut. Luigi waren die Tränen gekommen. Er umarmte ihn. Näher waren sie sich in all den Jahren vorher nie gewesen. Jetzt lächelte er, wenn Marcello am Ende des Tages die Sistina betrat.

Dann war Carlotta mit ihm zu einem Psychologen gegangen. Auch hier war die Kommunikation mühsam und das Ergebnis dementsprechend unbefriedigend. Ja, die Taubheit könne durch Stress ausgelöst worden sein.

Warum er dann auch stumm sei? Die körperlichen Reaktionen auf seelische Anspannung seien immer sehr individuell.

Heilungschancen? Man müsse Geduld haben. Manchmal heile sich die Natur selbst.

Und dafür musste man Geld zahlen! Die einzige spürbare Auswirkung dieses Besuches war, dass Carlotta von Kamille- zu Fencheltee wechselte.

Am Abend nahm Marcello seinen Dienstschlüssel und ging in die Sistina, um sich zu erholen. In ihm brodelte es. Warum das? Warum mir? Was habe ich getan? Warum lässt Gott das zu?

Plötzlich öffnete sich eine Seitentür, und Kardinal Tateo betrat die Kapelle. Erstaunt blieb er stehen, als er Marcello dort sitzen sah. Es dauerte einen Moment, bis er in ihm auch ohne Uniform einen der dienstältesten Wärter erkannte.

„Marcello, was tun Sie hier um diese Zeit? Gehen Sie bitte, Seine Heiligkeit kommt gleich, um zu beten."

Marcello reagierte nicht.

Tateo fiel ein, dass er von der merkwürdigen Erkrankung des Wärters gehört hatte. Auch wenn der Vatikan die Zentrale einer Weltkirche war – bei solchen Themen waren die Bürger des Vatikanstaates eine Tratschgemeinschaft wie alle anderen menschlichen Gruppierungen auch. Tateo setzte sich und versuchte sich in einer pantomimischen Erklärung. Er hielt beide Hände in Form einer Mitra über den Kopf, ließ zwei Finger über seinen Handrücken wandern und faltete abschließend die Hände zum Gebet.

Marcello verstand und erhob sich, aber da betrat der Papst schon die Kapelle. Der Kardinal flatterte aufgeregt mit seinem Gewand und erklärte flüsternd dem Papst die Situation.

„Du kannst nicht hören und nicht sprechen, mein Sohn? – Wenn ich es recht bedenke, ein fast beneidenswerter Zustand. Vielleicht hat deine Erkrankung einen Sinn. Geh in die Sistina, wann immer du willst."

Er segnete ihn.

Kardinal Tateo geleitete Marcello hinaus und schrieb ihm hastig auf, was der Papst gesagt hatte. Dann eilte er zurück.

Marcello drehte den Zettel in der Hand. Erst Selbstironie, dann Segen. Was sollte er davon halten? Er faltete den Zettel und steckte ihn in sein Jackett.

Zu Hause fand er neben seiner besorgten Frau seinen Sohn Giovanni vor. Giovanni war seit zwei Jahren Priester in der Nähe von Siena.

„Mama, ich weiß gar nicht, was du hast", rief er. „Er sieht doch gut aus."

Marcello hatte den Eindruck, als spräche sein Sohn überdeutlich und viel zu laut. Er nahm seinen Notizblock: „Schrei nicht! Ich höre keinen Ton."

Angesichts dieser Nüchternheit schien sich die Anspannung von Giovanni etwas zu lösen. Carlotta brachte ihnen Milch.

„Die beruhigt", meinte sie und warf dann nur noch hin und wieder einen Blick aus der Küche auf *ihre Männer.*

Der junge Priester fragte seinen Vater aus, und dieser schrieb geduldig das Unerklärliche auf seinen Block. Nein, es war nichts Besonderes an diesem Tag oder davor geschehen. Nein, es waren nicht mehr Touristen als sonst in der Sistina gewesen. Nein, es war auch nicht lauter als üblich gewesen. Nein, er hatte auch nichts zu sich genommen, das ihm nicht bekommen wäre.

Beim Abendessen schüttelte Giovanni den Kopf und schrieb: „Du kommst mir vor wie der Priester Zacharias in der Weihnachtsgeschichte, dem im Tempel Ähnliches zustieß."

„Werde mir bloß nicht schwanger", rief er seiner Mutter zu, „du hast schon einen Giovanni! Ich mag allerdings weder Honig noch Heuschrecken."

„Jetzt bist du Priester und redest immer noch einen Blödsinn wie als kleiner Junge!", schimpfte Carlotta.

Marcello berührte Giovanni, bis dieser seine Bemerkung aufschrieb.

Ein Lächeln huschte über die Züge seines Vaters. „Wie kommst du darauf?"

„Übermorgen ist der 1. Advent", schrieb sein Sohn.

Sein Sohn reiste wieder ab, während Marcello wieder Tag für Tag durch die Säle des Museums wanderte. Anfangs war er dorthin gegangen, weil es für ihn Normalität und Routine darstellte. Doch das konnte er nicht durchhalten. Die Normalität war durchbrochen. Sein Sohn hatte nur gescherzt, aber der Scherz ging ihm nicht mehr aus dem Sinn. Sollte die Stille ein Zeichen Gottes sein wie bei Zacharias? Die Frage war absurd, aber es war eine Erleichterung, eine Alternative zur Krankheitsvermutung zu haben. Marcello überlegte, wem er dazu Fragen stellen könnte. Es gab so viele Priester im Vatikan, jeden Ranges, jeder theologischen Couleur; nur wer für sein Problem geeignet war, darauf fand er keine Antwort. Doch dann fiel ihm Monsignore Sistrum, der wortkarge Priester aus der Vatikanischen Bibliothek, ein. Monsignore Sistrum, er kannte nur diesen Spitznamen, denn er hatte eine unangenehm misstönende Stimme. Vielleicht war er deshalb so schweigsam oder wegen der unübersehbaren Bücherflut in der Bibliothek.

Marcello fasste sein Problem und die Zacharias-Theorie in einem Brief zusammen und suchte den Monsignore auf.

Dieser schaute auf, nahm den Brief entgegen und wies ihm durch Nicken einen Platz zu. Der Priester ließ sich Zeit mit der Lektüre, dann legte er den Brief sorgsam vor sich auf den Schreibtisch, um mit einem langen Blick Marcellos Gesicht zu erforschen. Schließlich nahm er ein Blatt Papier und schrieb einen Satz auf „Komm morgen wieder, ich möchte nachdenken."

Monsignore Sistrum war auch in schriftlicher Form kurz angebunden.

Als er ihn am folgenden Tag wieder aufsuchte, schob ihm der Priester einen neuen Zettel zu. „Ist die Stille in dir oder umgibt sie dich?"

Ratlos schaute ihn Marcello an. Monsignore Sistrum wedelte mit der Hand und seine Lippen formten die Worte: „Denk nach!"

Am Abend in der Sistina schlug er die Hände vor das Gesicht. Er war verzweifelt, aber er wollte die Stille erforschen. Langsam, schleichend, mit lähmender Macht schien die Stille den Kreis um ihn enger zu ziehen, als wollte sie ihn ersticken. In ihm tobte es. Es schien wie finstere Gewalt, der er sich zu erwehren suchte. Gedanken schossen durch seinen Kopf. Erinnerungen, Zukunftsängste, Bilder Carlottas, das Museum, die Ärzte, der Papst, Giovanni als kleines Kind, sein Kollege Luigi, Monsignore Sistrum, seine Wohnung, die Fresken Michelangelos und, und, und. Sein Atem ging stoßweise, als wäre er gerannt.

„Die Stille ist wie ein Berg aus Federn", schrieb er. „Eine Welt aus weißem Flanell, die mich zu ersticken droht. Alles in mir bäumt sich dagegen auf. Alles schreit dagegen an."

Monsignore Sistrum schwieg lange. Dann schraubte er seinen Füllfederhalter auf. „Wehre dich nicht. Schreib auf, was für Gedanken und Bilder auf dich einströmen. Schreib alles auf und lege es beiseite."

Tag um Tag kämpfte er mit sich, mit der Stille, mit den Gedanken. „Zacharias", dachte er, „hast du das auch erlebt?" Er schaute in die Bibel, aber der Text schwieg dazu. Zacharias war stumm wie der Text. Das Einzige, was ihm auffiel, war, dass dort nichts von Taubheit stand. Zacharias war nur stumm gewesen.

Carlotta schlich misstrauisch um ihn herum, als sie entdeckte, dass er die Bibel las. Er sah, dass sie telefonierte, wahrscheinlich mit Giovanni. Immerhin beendete sie die Milchkur, mit der sie ihn zu heilen versucht hatte. Er bekam jetzt Espresso. Vielleicht musste er sich nicht beruhigen, sondern die Lebensgeister wecken.

Er schob die störende Außenwelt von sich und ergab sich der Stille; sie hatte seinen Aufruhr besiegt.

Sieben Tage vergingen, bevor er wieder die Vatikanische Bibliothek aufsuchte.

„Die Stille ist wie ein endloses Feld von metertiefem Neuschnee. Ich möchte mich hineinwerfen, darin versinken und schlafen, endlos schlafen“, schrieb er.

Fast ungehalten tippte der Monsignore mit dem Füller auf die Unterlage, bevor er schrieb: „Löse dich von deinen Träumen, von deinen Wünschen und von deinen Sehnsüchten“, stand in gnadenlos exakter Schrift auf dem Papier. „Die Stille Gottes ist keine Droge.“

Marcello wollte aufbegehren. „Ist es denn Gottes Stille?“, dachte er. Aber er biss nur die Zähne zusammen.

Wieder vergingen Tage, in denen er die Sistina besuchte und sich von Carlottas Espresso aufputschen ließ. Er nahm ab, hatte Ringe unter den Augen und schlief kaum noch.

„Die Stille ist mir zum Spiegel geworden, gleißend und hart. Ohne Gnade sehe ich mich, wie ich bin.“

Monsignore Sistrum ging um seinen Tisch herum und legte ihm die Hand auf die Schulter. Marcello schluckte. „Ich kann nicht mehr“, formten seine Lippen tonlos.

„Ist der Spiegel ohne Gnade – oder ist es dein Blick auf dich selbst?“

Erschöpft schrieb Marcello nur ein Wort: „Beides.“

Der Monsignore strich das Wort mit einem dicken Strich durch. „Ungnade ist immer in uns selbst. Wir selbst sprechen uns das Urteil. ‚Seid stille und erkennt, dass ich Gott bin‘, schreibt der Psalmist. Du hast in die Stille, den Spiegel Gottes geschaut, jetzt schau auf. Wir müssen in der Tiefe sein, bevor wir aufschauen können.“ Seine Hand zögerte einen Moment. „Lies Psalm 62 und schau auf!“ Marcello saß in der Sistina und las: „Meine Seele ist stille zu Gott, der mir hilft.“ Er hatte den Text inzwischen so oft gelesen, dass er ihn fast auswendig konnte. Seine Bibellektüre hatte die Sorgen Carlottas weiter vergrößert. Gut, Giovanni war Priester, für ihn gehörte es sich, die Bibel zu lesen. Aber für einen Museumswärter fand sie es gefährlich. Marcello sah, wie sie auf ihn einredete, und er war fast froh, dass er sie nicht hören konnte. Als ihr Wortschwall in seiner Stille versickert war, schenkte sie ihm Grappa ein, vielleicht würde ihn der Alkohol wieder normal werden lassen.

„Stille. Meine Seele ist stille zu Gott." Stille war kein Vakuum, sie war nicht das Fehlen von Geräuschen. Stille war etwas. Stille hatte eine Richtung. Marcello hatte die Stille als eine Anrede erfahren, zuerst unerträglich, zuletzt unverzichtbar. „Meine Seele ist stille zu Gott. Meine Stille ist die Antwort auf seine Stille. Seine Stille macht meine erst möglich." Er schrieb diesen Gedanken für Monsignore Sistrum auf.

Der Monsignore lächelte und schrieb, dass das Wort „Stille" im Deutschen eine zusätzliche Bedeutung habe. Eine Mutter, die ihr Kind säugt, „stillt" es.

Marcello dachte einen Moment darüber nach und nickte. „Ich dürste", schrieb er, „und mein Verlangen wird gestillt. Dennoch trinke ich weiter und werde erneut erfüllt und dürste weiter. Ein Kreislauf von Verlangen und Erfüllung."

Er zögerte, dann beschrieb er einen neuen Zettel. „Und gleichzeitig die Angst. Nicht meine, ich sehe die Angst meiner Frau, ich spüre ihre Blicke, die mich voll Sorge verfolgen. Am liebsten würde sie mir den Austausch mit Ihnen verbieten. Wird es so bleiben? Kann ich ihr etwas von dem, was ich erlebe, mitteilen, es wirklich mit ihr teilen? Morgen ist der 3. Advent. Sie fürchtet die Feiertage, die Festlichkeiten, das Glück, das wir so nicht mehr haben."

Erneut schrieb der Monsignore: „Schau auf!"

Und Marcello schaute auf zu den Bildern der Sistina. Sie waren schon immer dort gewesen, ein bunter Strudel von Leibern.

Etwas, was man immer sieht, sieht man gar nicht. Michelangelos Fresken waren für ihn ein buntes Muster gewesen, eine kostbare Tapete, die von den Leuten bestaunt wurde. Wenn er jetzt abends allein in der Sistina saß, schaute er zu dem Getümmel unter der Decke und zum Jüngsten Gericht an der Altarwand. Durch ein Opernglas musterte er die Figuren und stutzte eines Tages. Langsam bewegte er sich durch die Kapelle. Sein Blick glitt über die vergrößerten Gestalten der Propheten und Sibyllen. Sie lasen, sie blickten, sie zeigten, aber keiner von ihnen sprach. Alle verharrten in Stille. Bei Jesaja hatte er den Eindruck, er wolle anheben zu reden. Als atme er ein, bevor das Wort seine Lippen verlassen würde. Über dem Eingang entdeckte er seinen Leidensgenossen Zacharias, der in einem Buch las.

Von der Altarwand bis zum Eingang sah er die Erschaffung der Welt und das Anwachsen der Sünde auf Erden. Der Beginn der Schöpfung stieß an das Jüngste Gericht hinter dem Altar. Anfang und Ende der Zeit berührten sich. Und was war am Anfang der Zeit, bevor Gott sprach und schuf? Was würde am Ende der Zeit sein? Er wurde sich ganz sicher: die Stille Gottes. Selbst das Gericht vollzog sich in Schweigen. Die Toten standen ohne einen Laut auf. Ihre geöffneten Münder schienen nur einzuatmen und zu staunen. Die Seligen scharten sich still um Christus. Einzig die Gottlosen schienen zu stöhnen, und Engel bliesen in der Mitte die apokalyptischen Posaunen. Aber das schien das gewaltige Schweigen des Endes nur zu unterstreichen. Michelangelos einzigartige Fresken umhüllten die Stille Gottes.

Vor Aufregung zitternd lief Marcello zur Vatikanischen Bibliothek und zerrte den erstaunten Monsignore mit sich. Zettel um Zettel beschrieb er und wies auf die Bilder. Die Freude der Erkenntnis steckte den Priester an. Erschöpft saßen sie nebeneinander und wiesen sich gegenseitig auf Details der Bilder hin.

Zwanzig Minuten verstrichen, bis Marcello wieder zum Stift griff. „Was ist mit Christus?“

Der Monsignore hob fragend die Brauen.

„Warum kommt Christus in diesem riesigen Freskenzyklus nur einmal vor und dann als Weltenrichter?"

Monsignore Sistrum überlegte einen Augenblick, bevor er schrieb: „Dort steht der Altar. Dort feiern wir die Messe und gedenken der Kreuzigung Christi. Das Scheitern Gottes am Kreuz war öffentlich und laut. Alle haben es gesehen. Gott ist tot. Die Auferstehung geschah in der Stille. Niemand hat sie gesehen. Und nur wenige sahen den Auferstandenen. Genauso die Menschwerdung Gottes, keiner weiß Genaues. Die Evangelisten berichten äußerst unterschiedlich darüber. Beides sind Mysterien, die in das Schweigen Gottes gehüllt sind."

Marcello nickte. Und wieder überließen sich die beiden der Stille der Sistina.

Plötzlich öffnete sich eine Tür und Kardinal Tateo hastete in die Kapelle. Wie angewurzelt blieb er stehen.

„Nicht schon wieder!", rief er, als er die beiden erkannte. „Geht, geht!" Er wedelte mit den Armen. „Seine Heiligkeit kommt."

Der Monsignore sprang auf und zog Marcello so schnell mit sich, dass alle Zettel zu Boden fielen.

Als sich der Papst vom Gebet erhob, wies er fragend auf die Zettel. Tateo hob zu einer wortreichen Erklärung an, aber der Papst schnitt ihm das Wort ab. Er befahl ihm, die Zettel aufzuheben. Dann setzte er sich hin und las.

Zwei Tage später verbrachte Marcello wieder die Nacht in der Sistina. Erst im Morgengrauen verließ er sie, um nach Hause zu gehen. Als er auf den Petersplatz trat, hörte er die Glocken Roms. Sie verkündeten die Geburt Christi. Dann hörte er einen Linienbus, der um die Arkaden des Platzes fuhr, die schlurfenden Schritte einer alten Nonne, das Wasser der beiden Brunnen, die Tauben und schließlich sein eigenes Lachen.

So wie in diesem Jahr hatte er Weihnachten noch nie gefeiert. Nach den Feiertagen trat er seinen Dienst wieder an. Wie früher stand er nun Tag für Tag in der Sistina, aber es war anders geworden.

„Silenzio!“, rief er, aber er sprach das Wort wie den Kosenamen einer Geliebten aus.

22

FABIAN VOGT

Schmucker Schmuck

„Schön, oder? Das wird ihm bestimmt gefallen. Er wollte doch unbedingt, dass unser Weihnachtsbaum dieses Jahr etwas kindgerechter gestaltet wird."

Mama klang zufrieden.

Und Johann? Nun, der wusste sehr wohl, dass er nicht an der Tür lauschen sollte. Schon gar nicht an der Tür zum Weihnachtszimmer. Aber wenn seine Mutter um das Schmücken des Baumes immer so ein Tamtam, so eine Geheimnistuerei machte, war sie ja selbst schuld. Sie forderte es doch heraus, dass man ihr hinterherspionierte. Also: dass man zufällig hier stand.

Und als seine Mutter wenig später an sein Zimmer klopfte und sagte: „Du, Hanni" (wann hörte sie endlich auf, ihn so bescheuert zu nennen?), „Papa hat gleich einen Termin und ich muss vor dem Abendessen noch mal schnell in den Supermarkt. Du kannst doch bestimmt eine halbe Stunde allein bleiben", da sagte Johann ganz lässig: „Null problemo."

Während es in ihm schrie: „Ja, geht schon. Weg mit euch! Dann habe ich endlich freie Bahn. Und dann werde ich schon herausfinden, was dieses Jahr so ‚kinderfreundlich' ist."

Kaum waren seine Eltern in den blauen Zafira gestiegen, öffnete Johann leise und vorsichtig die Tür zum Weihnachtszimmer. Trotz all der eindringlichen Ermahnungen der Mutter: „Es wird nicht geguckt. Verstanden? Ich verlass mich auf dich. Erst morgen Abend.“

Nein, nicht morgen Abend. Jetzt! Es ging nicht anders. Er musste da rein. Und er … er war das ja gar nicht. Nein, das war etwas in ihm, eine mysteriöse Macht … und die steuerte ihn zielstrebig in die verbotene Zone. Er konnte nichts dafür. Gar nichts.

Außerdem hatte er doch die Ungeduld seiner beiden Großmütter geerbt. Das sagten alle. Und wenn seine Neugier von den Omas stammte, dann war dieses Erkunden des Weihnachtszimmers ohnehin nicht seine Schuld. Gott sei Dank. So, Augen auf.

Boah! War das klasse. Was für ein toller Baum. Nicht wegen des Schmucks. Der sah aus wie immer. Aber seine Mutter hatte dieses Jahr überall an die Zweige Johanns absolute Lieblingskekse aufgehängt – Spritzgebackenes mit Schokoladenüberzug. Für die würde er sogar zwei Wochen aufs Nintendo-Spielen verzichten. O Mann. Ein Baum zum Vernaschen. So was Verführerisches. Mmmh …

Und jetzt: Genug gesehen. Zurück ins Kinderzimmer. Obwohl …

Da oben. Da hing ein Keks so halb schräg hinter der Kerze. Weit hinten. Ein frischgebackener Außenseiter. Sie würden es nicht merken. Oder doch? Nein, es würde nicht auffallen, wenn einer fehlte. Der war ohnehin etwas kleiner und – wie gesagt – kaum zu sehen.

Ein Traum. Johann schloss die Augen und genoss den karamelligen Geschmack. So was Köstliches. Und so schnell runtergeschluckt. Nun. Da, der neben der weißen Kugel, nah an der Wand, der war auch fast verborgen. Und der Keks da drüben, zwei Äste tiefer, lag garantiert im Halbdunkel. Ohne nachzudenken zupfte der Junge das Gebäck vom Baum.

Ob man es sah? Dass etwas fehlte? Johann trat zwei Schritte zurück. Nein, nicht wirklich. Glück gehabt. Obwohl: Jetzt hingen auf der linken Seite deutlich mehr Kekse als auf der rechten. Blöd! Er musste das Gleichgewicht wiederherstellen. Schnell nahm er zwei Spritz-Kringel von den Ästen auf der anderen Seite. O, waren die lecker.

Jetzt aber Schluss. Wirklich! Aufhören. Beherrsch dich. Sofort. So ging das ja gerade noch. Und notfalls konnte er alles dem Hund in die Schuhe, ne … in die Pfoten schieben. Gute Idee. Lucy hatte schon mal verbotenerweise vom Weihnachtsbaum genascht. Letztes Jahr. Aber Achtung. Der Rauhaardackel hätte natürlich zuerst die untersten Kekse abgefressen. Also mussten die weg. Blitzschnell verschwanden fünf weitere Kekse in Johanns Mund.

Als er diesmal zwei Schritte zurücktrat, um die Situation zu begutachten, wurde ihm ganz flau im Magen. Sie würden es merken. Natürlich. Und … und sie würden die Geschichte mit Lucy nicht glauben. Niemals. Vor lauter Verzweiflung aß Johann noch zwei Kekse. Als Nervennahrung. Quasi zur Krisenintervention.

Jetzt hingen am Weihnachtsbaum überhaupt nur noch fünf Kringel. Und da war es eh egal. Vielleicht fiel das Fehlen der Kekse ja weniger auf, wenn gar keiner mehr da war. Wer's glaubt, wird selig. Selbst ein Blinder mit Krückstock würde auf den ersten Blick wahrnehmen, dass diese Nordmanntanne radikal geplündert worden war. Sie sah erbärmlich aus. Ihm musste etwas einfallen. Und zwar schnell. Sehr schnell.

Johann rannte in sein Zimmer. Voller Panik schaute er sich um. Nichts. Was konnte er nur an den Baum hängen.

Nein, die nicht! Oder doch? … Die würden ihn vielleicht beschützen.

Na ja. Es war auf jeden Fall besser als nichts.

Blitzschnell schnappte sich der Junge die Kiste mit seinen besonderen Schätzen und machte sich ans Werk. An jeden Faden eine … eine Figur. Eine seiner geliebten Lego-Figuren. Aus der Star-Wars-Serie. Diese kostbaren Helden, die er hütete wie seinen Augapfel.

Zuerst Obi-Wan Kenobi. Dann Luke Skywalker. Daneben Darth Vader und Han Solo.

Moment mal … das sah ja gar nicht schlecht aus. Weiter.

An die äußeren Zweige kamen mehrere Kampfdruiden – und zwei Tuskenräuber. Im mittleren Teil dann eine Reihe von Klon-Kriegern. Und ganz oben R2-D2 und C3-PO. Und natürlich Yoda. Yoda thronte über allem und schaute weise und verständig auf die Zweige herunter.

Was für ein einzigartiger Weihnachtsbaum. Genau so hatte er ihn sich gewünscht. Also: mit Star-Wars-Figuren – und mit Keksen. Aber man konnte ja nicht alles haben.

Johann war beim Abendessen die ganze Zeit unruhig. Aber seine Mutter ging nicht ins Weihnachtszimmer. Als der Junge schon ins Bett gegangen war, kam sein Vater nach Hause. Und der öffnete sofort die Tür. Johann erkannte sie an ihrem typischen Quietschen.

Ein erstickter Aufschrei. Ein Ruf. Eine aufgeregte Diskussion.

Dann näherten sich Schritte seinem Zimmer. Von zwei Personen.

Puh. Was jetzt?

Was konnte passieren? Würden sie ihm alle Geschenke streichen? Ihn einsperren? Zwei Wochen Fernsehverbot? Vier Wochen Nintendo-Verbot? Lebenslangen Liebesentzug?

Tränen liefen an seiner Nase vorbei.

Dann ging die Tür auf. Mama und Papa.

Sie hatten die Hand erhoben und riefen: „Möge die Macht mit dir sein!“

Sein Vater ergänzte sanft: „Die Macht Gottes. Wir haben dich unglaublich lieb.“

Dann schlossen sie die Tür wieder. Lachend.

23

Albrecht Gralle

Herausgerissen oder Der Weihnachtstest

Im Bruchteil einer Sekunde flog irgendetwas an ihm vorbei. Moritz trat auf die Bremse und spürte unter seinen Sohlen die pumpartigen Bewegungen des Pedals. Mit langsamem Tempo fuhr er weiter. Rechts und links das schwarze Astgewirr der kahlen Alleebäume gegen die Dämmerung.

Ein Sturm tobte über die Felder. Lauwarmes Wetter anstatt einer heiß ersehnten Weihnachtskälte.

„Es könnte ein Ast gewesen sein", murmelte er. „Oder ein Vogel."

Er stellte sich vor, was passiert wäre, wenn der Ast sich nur ein paar Zentimeter gedreht hätte oder wenn der Vogel frontal dagegen geknallt wäre: das Bersten der Frontscheibe, Aufprall gegen einen der dunklen Alleebäume, Notarzt, Krankenwagen, Weihnachten im Krankenhaus. Das wären wirklich tolle Aussichten! Etwas Trostloseres als den Heiligabend auf einer Station zu verbringen, gab es nicht.

Es knackte. Wahrscheinlich war das Auto über einen Ast gefahren.

Dieses Jahr würde Weihnachten jedenfalls anders sein. Zum ersten Mal würde er den Heiligabend allein zu Hause verbringen, weil er es so wollte. Denn: Wer würde ihn eigentlich vermissen? Niemand wartete auf ihn. Das erste Weihnachten ohne die üblichen Gesichter.

Sicher, die Kinder würden abends anrufen und ihn fragen, wie es ihm gehe, und ob es wirklich gut gewesen sei, ihn an Heiligabend allein zu lassen, gerade an Heiligabend.

„Es geht mir gut“, würde er sagen, „alles okay. Ich genieße den ruhigen Abend und bin ja morgen Nachmittag bei euch.“

Er schaltete wieder in den fünften Gang.

„Es hat schon was, wenn kein Mensch auf einen wartet.“ Er grinste. Er könnte, wenn er wollte, umdrehen, zum Flughafen fahren und spontan einen Last-Minute-Flug buchen und von ... Las Palmas aus anrufen. Warum nicht? War er nicht frei zu tun, was er wollte, seitdem er wieder Single war? Wenn hier sowieso Temperaturen wie im Spätherbst herrschten und kein Schnee fallen würde, was sollte er noch hier?

„Man macht an Weihnachten viel zu viele Umstände.“

Inzwischen war es ganz dunkel geworden und das Licht seiner Scheinwerfer erfasste nur noch die Stämme der Bäume und ließ die Kronen im Dunkeln.

Wieder flog ein Schatten vorbei und streifte den Seitenspiegel. Über die Fahrbahn fegten Zweige. Moritz musste das Steuer mit beiden Händen fest packen und spürte den seitlichen Druck des Sturms.

Als eine Tankstelle auftauchte, blinkte er, bog ab und hielt. Es hatte keinen Sinn weiterzufahren. Und den Plan umzudrehen, um den Flughafen zu erreichen, konnte er knicken.

Er stieg aus, spürte den Wind, der an seinem Mantel zerrte und ihm fast die Brille vom Gesicht blies, drückte den Knopf für die Zentralverriegelung und öffnete die Tür zur Tankstelle. Sofort wurde er von einem fröhlichen Lärm überrascht.

Der Raum war voller Leute, die alle vor dem Sturm Zuflucht

gefunden hatten: Kinderstimmen, das Murmeln der Erwachsenen, und von der Kaffeetheke zischte geschäumte Milch in einen Becher. Es roch nach nassen Haaren und Bockwürsten. Die beiden Frauen hinter dem Tresen trugen rot-weiße Weihnachtsmützen und hatten gut zu tun. Aber es schien ihnen zu gefallen, denn sie riefen sich gegenseitig irgendetwas Witziges zu. Ein Mann lachte laut.

Die Atmosphäre erinnerte ihn an das Restaurant auf der Fähre nach Amrum, die wegen eines Sturms am Hafen nicht festmachen konnte und unruhig vor der Anlegestelle kreuzte. Dieselbe ausgelassene Stimmung, weil man unverschuldet in einer Warteschleife hing.

Er dachte nicht, dass er eine Chance hatte, am Tresen einen Kaffee zu bestellen. Das Gedränge war zu groß, da drückte ihm jemand einen Becher in die Hand und rief: „He, Moritz, hat der Sturm dich auch hierher geweht?"

Moritz blickte in das lächelnde Gesicht einer Frau um die fünfzig, rundes Gesicht mit schwarzen Locken und roten Strähnen, die ihm irgendwie bekannt vorkam. Wer war das bloß?

„Ja!", rief er gegen den Weihnachtslärm an. „Irgendetwas hat meine Scheibe gestreift. Und ich dachte, ich halte mal lieber an, bevor …"

Sie winkte ihn in einen ruhigeren Winkel zwischen den Straßenkarten und dem Motoröl.

„Ich komme gerade vom Krankenhaus", sagte sie. „Meine Mutter hatte einen Unfall und muss über Weihnachten dort bleiben."

Jetzt fiel es ihm wieder ein, woher er die Frau kannte. Das war die Pastorin in seiner Nachbargemeinde. Er hatte schon mehrmals mit ihr gesprochen, und bei einem Geburtstag hatten sie sich das Du angeboten. Marion hieß sie.

„Und du? Was machst du über Weihnachten?", fragte sie.

„Ich feiere Weihnachten endlich mal allein."

„Endlich mal?“

„Ja, bin gespannt. War ja immer ein Riesenaufstand, aber jetzt …“

„Ach so, ja, deine Frau. Hab ich gehört. Tut mir leid.“

Moritz nickte stumm und nippte an seinem Pappbecher. Themenwechsel, dachte er, und sagte: „Muss ja für deine Mutter ziemlich trostlos sein, den Heiligabend im Krankenhaus zu verbringen.“

„Hm“, die Pastorin wiegte den Kopf hin und her. „Nicht unbedingt …“

„Na hör mal. Für mich wäre das das Letzte.“

„Es ist nicht so schlimm, wie du dir das vorstellst. Ich drehe am Tag vor Heiligabend oft noch eine Runde in der Klinik. Krankenbesuche. Es ist irgendwie eine besondere Stimmung. Keine große Hektik, weil ja viele Patienten vorher entlassen werden. Die Schwestern haben mehr Zeit zum Klönen, ein Kirchenchor singt mehrstimmige Weihnachtslieder, man kann in Ruhe nachdenken, muss nichts organisieren. Das hat was. Und es kommt der wahren Weihnacht viel näher als unsere opulenten Familienfeiern.“

„Der wahren Weihnacht? Wie das klingt!“

„Ja. Schließlich waren Maria und Josef auch aus allem Gewohnten herausgerissen wie die Leute im Krankenhaus.“

Im Hintergrund ging die Tür, und man hörte den Sturm draußen heulen.

„Herausgerissen“, überlegte er. „Ja, das stimmt.“

„So wie du.“

Er blickte sie überrascht an. Ihm fiel aber so schnell nichts Passendes ein.

„Mach doch mal den Weihnachtstest“, sagte sie.

Er runzelte die Stirn. „Den Weihnachtstest?“

„Lies abends an Heiligabend die Weihnachtsgeschichte und finde heraus, ob sie für dich anders klingt, wenn man aus allem Gewohnten herausgerissen ist!“

„Hm“, er brummte unschlüssig. „Mal sehen.“

Marion grinste leicht.

„Also, ich fahr dann mal weiter", sagte er und gab ihr die Hand. „Tschüss und einen guten Weihnachtstest."

„Danke."

Er knöpfte seinen Mantel zu, öffnete die Tür und wurde von einem heftigen Windstoß empfangen.

Langsam und vorsichtig fuhr er weiter. Der Sturm schien etwas nachgelassen zu haben. Trotzdem lagen immer noch Zweige auf der Fahrbahn, denen er ausweichen musste.

Weihnachtstest, dachte er und schaltete in den vierten Gang. Marion tat gerade so, als hätte Weihnachten etwas mit seinem ganz persönlichen Leben zu tun. Wie ging das noch mal? Die Weihnachtsgeschichte lesen und warten, ob sich das Josef-Maria-Feeling einstellt, nur weil man aus allem herausgerissen war …

Komisch. Warum hatte er gerade jetzt den Eindruck, er würde eine Grenze überschreiten, wenn er diesen Test machte?

24

Manfred Siebald

Stille Nacht

„Ruhe bitte! Ruhe!“ Eigentlich hätte er sich seine Worte sparen können, denn die Sänger produzierten weiter den unbestimmbaren Geräuschpegel – mal etwas lauter, dann wieder gedämpfter, aber immer störend –, der nur in Chorproben möglich ist. Kaum machte er sich mit den Sopranstimmen an die Feinheiten von Pianissimo und Mezzoforte, schon murmelten, fragten, antworteten, kicherten, lachten alle anderen Stimmen. Wenn dann der Tenor seinen Part übte (den er auch nach sieben Wochen intensiver Arbeit noch nicht richtig konnte), gesellten sich die Damen vom Sopran umgehend zu den Störenfrieden. Was da so viel interessanter als die Probe war, konnte er nicht heraushören; zu diffus waren die Wortfetzen, die ihm die Konzentration raubten. Nervig war das, einfach nur nervig.

Dabei hatte er gedacht, dass wenigstens „Stille Nacht“ für den Chor ein Signal zum bewussten, andächtigen Singen sein würde, vielleicht sogar so etwas wie richtige Weihnachtsstimmung hervorrufen könnte. Aber diese naive Annahme hätte er sich sparen sollen. Die Möglichkeit, Neuigkeiten auszutauschen, Witzchen zu machen oder sich auf irgendeine Weise vor den attraktivsten der Sängerinnen aufzuspielen, war viel zu verlockend für manche Männer. Und auch die Frauenstimmen schienen alle Vorurteile über weibliche Geschwätzigkeit bestätigen zu wollen. In einer Ecke setzte sich plötzlich eine Gruppe mit „Morgen kommt der Weihnachtsmann“ fast gegen diejenigen durch, die sich dann doch um die „Stille Nacht“ bemühten. Wenn es ein Kinderchor gewesen wäre, hätte er ja noch Verständnis gehabt. Aber von den vierunddreißig gesetzten Damen und Herren der „Singgemeinschaft Cäcilia von 1910 e.V.“, die er zu dirigieren hatte, durfte man doch etwas mehr Ernsthaftigkeit erwarten – zumal er als ehrenamtlicher Dirigent nun wirklich seit Jahren sein Bestes gab. Am liebsten hätte er die Stimmgabel auf den Boden geworfen und wäre aus dem Raum gestürmt. Aber das Konzert in der katholischen Kirche am Nachmittag des ersten Weihnachtstages war versprochene Sache, und deshalb war das Einzige, was er denken konnte: Ohren zu und durch.

Wie die Chorprobe herumgegangen war, wusste er hinterher nicht mehr. Alle Tricks hatte er angewandt, die er bei den Chorleiterschulungen gelernt und selbst im Laufe der Zeit erprobt hatte: Wechsel der Übungsformen, Einzelstimmproben an einzelnen Melodiepassagen, Atemübungen zwischendurch, laute Ansagen und dann wieder ganz leise, die der Chor erst hören konnte, wenn er selbst ganz still war. Aber genutzt hatte seine ganze Kunst nicht viel.

Als er müde und enttäuscht, aber dann auch wieder froh über das Ende des unseligen Treibens, in einer Ecke des Übungsraums seine Tasche packte und gerade seinem Freund Jörg – einem der wenigen, die ihn unterstützt hatten – ein frohes Fest wünschen wollte, geschah es. Es fühlte sich an, als würde ihm jemand eine Wolldecke über den Kopf werfen oder als presste ihm jemand zwei Federkissen rechts und links gegen die Ohren. Er hörte nichts mehr. Wie mit einem Schlag waren die Gespräche der Altstimmen abgeschnitten, das heisere Lachen der Bässe, die Verabredungen zum Bier hinterher. Nicht mehr zu hören waren die Schritte auf der Treppe, das Quietschen der Drehtür, das Zuschlagen der ersten Autotüren auf dem Parkplatz unten vor der Mehrzweckhalle. Und in dem Augenblick, als er sie nicht mehr hörte, wusste er plötzlich, dass er alle diese Geräusche gehört hatte. Er hatte sie einfach nicht mehr wahrgenommen, hatte sie ausgefiltert. Plötzlich waren sie fort. Mit keinem seiner Sinne mehr zu greifen.

Einige Gesichter um ihn her schauten ihn fragend an, als er die Hände auf die Ohrmuscheln presste und wieder losließ, die Zeigefingerspitzen in die Ohren steckte und hin und her bewegte. Renate aus dem Sopran schien etwas zu ihm zu sagen. Katharina lachte, als ob sie meinte, er schauspielere. Frank vom Chorvorstand zeigte auf seine eigenen Ohren und bewegte die Lippen. Er verstand sie alle nicht, und ihre wachsende Neugier war ihm zunehmend peinlich. Dann, als ihm auch noch schwindelig wurde und er mit der Linken Halt an dem großen dunkelbraunen Notenschrank suchte, war ihm alles gleich. Er sah nur noch, dass die Mienen der anderen immer ratloser und schließlich sehr ernst wurden.

Die Sänger brauchten eine ganze Weile, bis sie ihn auf einen Stuhl gesetzt hatten. Sie boten ihm ein Glas Wasser an, aber er wehrte entrüstet ab. So krank war er nun auch wieder nicht. War er überhaupt krank? Klar – er hatte von Hörstürzen gehört und er wusste, dass sie zum Teil auf Stress zurückzuführen waren. Den hatte er in den letzten Wochen nun wirklich reichlich gehabt: die musikalische Umrahmung der Weihnachtsfeier von Kulturverein und Volkshochschule und das große Adventskonzert mit dem Schulorchester in der Stadthalle. Immer war er bis an die Grenzen seiner Kräfte gegangen, hatte Noten geschrieben, einzeln mit den Männerstimmen geprobt, Programme entworfen und wieder verworfen und schließlich noch die grafische Gestaltung der Einladungsplakate überwacht. Fast beiläufig hatte er das eigene Weihnachtsfest seiner Familie vorbereitet, und da gab es immer noch das eine oder andere Geschenk in seinem Notizbuch, das er bis jetzt noch nicht hatte kaufen können. Aber dass er wirklich krank war, wollte ihm nicht in den Kopf.

Schließlich ließ er sich dann doch von zwei stämmigen Bässen unterhaken, aus dem Probenraum führen und nach unten auf die Straße begleiten, wohin man bereits ein Taxi bestellt hatte. Keinen Laut bekam er mit – nicht das Öffnen, nicht das Zuschlagen der Türen, nicht das Zuschnappen des Sicherheitsgurtes, nicht das Starten des Motors. Eine Weile fragte er sich, wohin der Wagen überhaupt fuhr, und wehrte sich gegen den Gedanken solcher Fremdbestimmung, aber beim Durchfahren der Schranke vor dem Klinikgelände ergab er sich fast dankbar in sein Schicksal.

War das die Ruhe, die er sich den ganzen Abend gewünscht hatte? Unwillkürlich fragte er sich das wenig später in seinem Bett in Zimmer 322. War das die berühmte Weihnachtsstille? Nein, so konkret hatte er das natürlich nicht gemeint. Denn hören wollte er doch etwas von Weihnachten – die Karten für Händels Messias lagen schon zu Hause in der Schreibtischschublade. Hören wollte er die Lieder aus den Lautsprechern in den Läden, das Glockengeläut von den Kirchtürmen, das Singen in der Kirche und das, was die Engel den Hirten in der Weihnachtsgeschichte verkündigten. Hören wollte er doch das Knistern beim Auspacken der Geschenke, das erstaunte „Woher wusstest du, dass ich mir das wünsche?" seiner Frau oder das erhoffte „Danke schön, Papa!" der Kinder. Sollte der Hörsturz das alles verstummen lassen? Nein, so wörtlich war das mit der „Stillen Nacht" und dem „Ohren zu" nun wirklich nicht gemeint gewesen.

Die Infusion tropfte leise vor sich hin. Der Arzt hatte ihm freundlicherweise eine Erklärung dazu aufgeschrieben: „Es ist gut, dass Sie sofort in die Klinik gekommen sind. Wir versuchen, Ihre sehr ernst zu nehmende beidseitige Ertaubung mit durchblutungsfördernden Mitteln und Kortison zu behandeln. Es ist wichtig, dass die Infusion nicht unterbrochen wird. Das bringt die besten Heilungschancen." Ob es überhaupt eine Heilung geben würde?

Der Bettnachbar erhob sich halb aus den Kissen und sagte etwas zu ihm. Dann sagte er es anscheinend noch einmal lauter, denn sein Gesichtsausdruck war noch etwas engagierter. Als ob er vergessen hätte, dass bei vollständiger Taubheit auch die Lautstärke nichts nützt. Dafür nahmen die Augen nun mehr wahr – die abgeschabten Seitenteile des Klinikbetts, die frischen Blumen, die seine Frau ihm gleich bei ihrem ersten Besuch mitgebracht hatte, und die verblichenen Drucke von expressionistischen Gartenlandschaften an der Wand, die wohl einmal die Stimmung der Patienten heben sollten, aber ihn jetzt eher deprimierten. Dass um das sparsame Adventsgesteck auf dem viereckigen Tisch des Krankenzimmers inzwischen vierunddreißig Tannennadeln lagen, sahen seine Augen ebenso gestochen scharf wie die Unterüberschriften der Zeitung in den Händen seines Nachbarn.

Viel klarer sah auch sein inneres Auge auf manche Selbstverständlichkeiten seines bisherigen Lebens. Hätte er überhaupt eine klare Vorstellung von Weihnachten, wenn er von Geburt an taub gewesen wäre, wenn da diese viele Jahre lang gehörten Geräusche nicht gewesen wären – kein Knistern der Kerzen am Weihnachtsbaum, keine verheißungsvoll brutzelnde Gans im Ofen, keine stimmungsvollen Lieder vor bayerischer Bergdorfkulisse im Fernsehen? Wäre denn unter diesen Umständen der Heilige Abend überhaupt ein Tag, der die Bezeichnung „Fest“ verdiente?

Mehr um sich abzulenken, aber dann auch aus einem nostalgischen Gefühl heraus, nahm er die kleine Bibel vom Nachttisch, die er bei seiner Ankunft in der Schublade vorgefunden hatte, und begann die Weihnachtsgeschichte zu suchen. Das Buch fühlte sich an wie jedes andere Buch, aber doch war das Lesen anders als sonst, denn ihm fehlte das Rascheln der Seiten beim Umblättern. Es dauerte eine Weile, bis er auf einer Seite mit der Überschrift „Lukas“ die vertrauten Worte gefunden hatte: „Es begab sich aber zu der Zeit …“ Ganz anders las sich der Satz von der „Freude, die allem Volke widerfahren wird“ in seiner Situation. Dieser Satz war wohl nichts für jemanden, dem gerade die Fähigkeit zum Hören abhandengekommen war. Aber obwohl die Engel und die Hirten in der Geschichte viel miteinander redeten – und damit irgendwie die Gehörlosen ausschlossen –, gab es doch auch viel zu sehen in der Heiligen Nacht. Schließlich forderte der Engel die verängstigten Männer bei den Schafen auf: „Siehe!"

Aber in einem Satz ganz zum Schluss – sicher viele Male gehört, doch bisher wohl nie begriffen – fand er seine Situation am besten beschrieben: „Maria aber behielt alle diese Worte und bewegte sie in ihrem Herzen." Wieso hatte er das noch nie so verstanden wie heute? War er für diesen Satz all die Jahre hindurch taub gewesen? Wenn das sein Weihnachtserlebnis sein könnte! Vielleicht nicht mehr äußerlich das zu hören, was er so viele Jahre seines Lebens gehört hatte, aber dieses Geschehen ganz intensiv im Inneren zu erleben. Nicht nach dem zweiten Feiertag das „Gloria in excelsis" wieder auszublenden, weil es von anderen Geräuschen überlagert wurde. Nicht das Fest an einer Jahreszeit festzumachen, sondern die Nachricht von Gottes Ankunft auf der Erde tief innen mit in die Winterstunden, die Frühlingstage, die Sommerwochen und die Herbstmonate zu tragen. Nicht eine Einmalinjektion am Jahresende zu bekommen, sondern eine stetige Infusion an jedem Tag des Jahres, die seine Seele heilte. Und nicht einfach alles als kulturelles Gepäck mitzuschleppen, sondern es im Herzen zu bewegen.

Als er aufwachte, musste er sich in der Wirklichkeit des Krankenzimmers erst einmal zurechtfinden. Ja, er lag tatsächlich hier, und heute war Heiliger Abend. Die Tropfen fielen immer noch stetig in das Plastikröhrchen unterhalb der Infusionsflasche. Durch die zugezogenen dunkelgrünen Vorhänge ließ sich die Morgendämmerung erahnen. Die Tür ging auf. Eine stämmige junge Schwester, die er bisher noch nicht gesehen hatte, trat mit einem Blutdruckmessgerät in der linken Hand und einem Schreibbrett unter dem Arm an sein Bett. Sie hatte lange blonde, in einen Pferdeschwanz mündende Haare und bewegte sich trotz der frühen Stunde mit munteren Schritten auf ihn zu. Ihre Augen prüften die Infusion, und dann kontrollierte ihre rechte Hand die Tropfgeschwindigkeit am Einstellrad.

Nach einem Blick auf seine bisherigen Daten schaute sie ihn an und sagte: „So, ich werde Ihnen jetzt mal den Blutdruck messen. Nachher kommt der Stationsarzt und entscheidet, welche Medikamente Sie heute noch bekommen. Und dann wollen wir mal hoffen, dass Sie schon bald wieder etwas hören können."

„Ja, das hoffe ich auch", sagte er.

25

MATHIAS JESCHKE

Flaschenpostgrüße

„Herzliche Grüße! Mange hilsener! Mathias Jeschke“, so unterzeichnete ich meine kurze Nachricht auf dem aus dem Notizbuch gerissenen DIN-A5-Blatt. Obenan hatte ich die aktuelle Position unseres Schiffes vermerkt: 61° 34‘ North 4° 4‘ East, damit der mögliche Finder wusste, wo die Flasche ihre Reise begonnen hatte. Wir durchschipperten die Gewässer vor Bergen im Süden Norwegens.

Ich hatte den Kamin angefeuert. Die Flammen tanzten. Meine Kinder saßen um mich herum. Am Weihnachtsbaum brannten die Kerzen. Sie wollten wissen, was ein unerhörtes Ereignis ist. Wir hatten über den Besuch des Engels bei Maria und die Jungfrauengeburt gesprochen. Und ich war auf den Begriff zur Charakterisierung einer klassischen Novelle gekommen, das unerhörte Ereignis. „Jetzt sag doch mal, was das ist!“ Sie ließen mir keine Ruhe. Also erzählte ich ihnen diese Geschichte, die ich selbst erlebt hatte, als ich noch jung war:

Ich schrieb also die Position unseres Schiffes auf das Blatt und neben ein paar freundlichen Worten hatte ich noch meine Heimatadresse dazugeschrieben. Man kann ja nie wissen und soll die Hoffnung nie aufgeben. Dann rollte ich den Zettel ein und steckte ihn in die ausgewaschene 0,3-l-Cola-Flasche und schraubte den roten Deckel drauf. Ich nahm die brennende Kerze und versiegelte den Verschluss mit heißem Wachs, damit mein Gruß an die Welt nicht nass wurde.

Ich verließ meine Kammer, stieg den Niedergang hinauf und öffnete das Außenschott. Das war mir in all den Monaten auf dem Schiff zur lieben Gewohnheit geworden, wann immer es möglich war, an Oberdeck zu gehen und die wunderbare Luft einzuatmen. Es war jedes Mal umwerfend herrlich hinauszugehen unter den weiten Himmel, unter dem wir von nichts umgeben waren als von der immensen Fläche der See. Ich trat an die Reling und warf, ohne groß weiter darüber nachzudenken, meine Flaschenpost außenbords. Es war nicht mein erster Gruß. Ich blickte hinaus und entdeckte an Steuerbord vorm Bug die flinken grauen Rücken. Eine Schule Tümmler war uns häufig knapp voraus.

Ich blieb nicht mehr lange an Bord, verließ das Schiff etwa ein Vierteljahr später. Aber eigentlich bin ich innerlich nie wirklich von Bord gegangen. Wer sich einmal mit der See vermählt hat, den lässt sie vermutlich nie wieder los. Die innigste Begegnung mit ihr hatte ich bei einem mehrtägigen Ritt bei zwölf Beaufort in der Biskaya. Ich wusste in jenen Stunden nicht, ob ich da lebend je wieder herauskommen würde. Und war gleichzeitig unglaublich fasziniert von der Kraft und Herrlichkeit des wütenden Meeres. Aber mein Gott wollte mich noch mehr erleben lassen. Also ging ich an die Universität und studierte Theologie.

Etwa zwei Jahre, nachdem ich die Flaschenpost ins Meer geworfen hatte, bekam auf der Insel Bolga im Norden Norwegens die Frau des Fischers Bjarne Laurids Johansen ihr fünftes Kind. Es war ein Junge und die Eltern nannten ihn Marius Alexander. Bolga liegt über dem nördlichen Polarkreis. Ich büffelte währenddessen tote Sprachen.

Marius Alexander wuchs auf dieser kleinen Insel mit ihren hundertfünfzig Einwohnern auf und war seine ganze Kindheit über umgeben vom Meer. Zu seinem sechsten Geburtstag schenkte ihm sein Vater ein Boot mit einem Außenbordmotor. Der Vater fuhr jeden Tag mit seinem Fischkutter hinaus aufs Meer.

Marius erkundete nun nicht mehr nur zu Fuß, sondern auch mit dem Boot die Insel. Er war ein Sachensucher. Schon viele Schätze hatte er entdeckt und geborgen. Sein Zimmer war voll von wunderbaren glänzenden, glitzernden Funden. Ihr würdet vielleicht sagen, das ist doch alles wertloses Zeug, aber Marius liebte seine Schätze.

Eines Tages fand er sogar eine Flaschenpost. Da war er schon neun Jahre alt. Er hatte zunächst Schwierigkeiten, die Flasche zu öffnen. Aber mit der Wasserpumpenzange aus der Werkstatt seines Vaters gelang es. Er zog den eingerollten Zettel heraus und es war – ihr ahnt es schon – mein Brief. Marius staunte nicht schlecht.

Ich jedenfalls erhielt bald danach einen Brief von der deutschen Botschaft in Oslo. Ich lebte inzwischen an der Ostseeküste in Rostock, keine fünf Gehminuten vom Hafen entfernt. Als ich den Absender auf dem Brief las, dachte ich kurz an den Nobelpreis, bis mir einfiel, dass ich noch gar nichts Entscheidendes geleistet hatte. Ich öffnete den Brief und fand eine Postkarte von Marius mit einem Foto von der schönen kleinen Insel Bolga, die tatsächlich ein bisschen wie Lummerland aussieht, falls ihr das kennt.

Im Briefumschlag fand ich auch die Kopie meines Zettels, den ich vor inzwischen elf Jahren geschrieben und hinausgeworfen hatte in die Welt. Da musste ich mich erst mal setzen und durchatmen. Nun war es an mir zu staunen. Meine kleine Cola-Flasche war ganz allein die ewig lange und zerklüftete Küste dieses langen Landes Norwegen hinaufgewandert. Der Golfstrom war zum Briefträger geworden und hatte sie mitgenommen. Elf Jahre hatte das gedauert. Als die Flasche begann, auf den Wellen tanzend zu wandern, war ich nicht mehr klein, aber ich war noch sehr jung. Marius aber, der war da nicht einmal geboren.

Ich hatte eine Flaschenpost ins Meer geworfen. Marius hatte sie gefunden und mir zurückgeschrieben. Zwischendrin waren ein paar Jahre vergangen. Vielleicht sagt ihr, ach, was ist das schon!

Aber alle, die die Geschichte bisher gehört haben, haben richtig gestaunt. Und bestimmt hat Maria noch viel mehr gestaunt, als der Engel ihr gesagt hat, dass sie ein Kind von Gott bekommen wird. Diese Sache mit der Flaschenpost jedenfalls halte ich immer noch für ein ziemlich unerhörtes Ereignis.

26

JÜRGEN WERTH

Existenziell berührt

Licht! So ein Licht! So ein ärgerliches Nachttischlämpchenlicht! Es ist 6.30 Uhr. Verschlafen schiebt sich Thomas Merz aus dem Bett. Alles noch dunkel draußen. Klar. Ist halt noch nicht Frühling. Muss man durch. Jeden Morgen wieder.

Gequält streckt sich die linke Hand Richtung Zimmerdecke. Die rechte verschämt Richtung Mund. Obwohl: Er kann ihn aufreißen, so weit er will. Gähnen, so viel er will. Ist eh keiner da.

Radio an. Und die Kaffeemaschine. Wasser in die Kanne. Filter in den Trichter. Pulver in die Tüte. Vier Löffel. Dann Zähne putzen, rasieren, Haare waschen, Achseln einsprühen – jeden Morgen das gleiche Ritual. Alltagsmorgen.

Ein müder Blick aus dem Fenster. Wie ist das Wetter heute? Wieder feucht und kühl und neblig? Wie beinahe jeden Tag während der letzten Wochen? Der Himmel scheint klar. Jedenfalls kein Regen. Und kein Schnee.

Als ihm beinahe die Zahnbürste aus der Hand fällt. Draußen ist auf einmal alles taghell. Taghell um 6.40 Uhr! Im Winter! Licht! So ein Licht! Und ein Knall. Dauert's eine Sekunde? Drei Sekunden? Was ist das? Für einen Moment stimmt nichts mehr. Ist die Nacht nicht mehr Nacht, der Morgen nicht mehr Morgen, Thomas Merz nicht mehr Thomas Merz. Für einen Moment steht die Erde still. Jagen Panik und Glück durch seine Seele. Träumt er noch? Ist er verrückt geworden? Ist das das Ende der Welt? Oder der Anfang?

Radio an. Mit zitternden Fingern. Gute-Laune-Musik wie immer. „Gleich Viertel vor sieben!“ Weiß er doch längst selbst. Anderer Sender. Und endlich die Nachricht:

„Ein Lichtphänomen am Himmel hat vor wenigen Minuten die Bevölkerung in unserem Sendegebiet in Aufregung versetzt. Wie die Polizei mitteilt, haben sich zahlreiche Menschen gemeldet, die von einem grellen Blitz und einem anschließenden Knall berichtet haben. Manche sprechen von einem UFO.“

Thomas Merz wischt sich Schweiß von der Stirn. Hat er Angst gehabt? Wenigstens ist er nicht verrückt geworden. Wenigstens haben auch andere gesehen, was er gesehen hat.

Aber was um alles in der Welt war das? Was ist passiert?

Stunden später die Aufklärung: nein, kein UFO, natürlich nicht. Die Europäische Weltraumbehörde meldet, dass es sich wohl um einen Meteoriten gehandelt hat, der in fünfzig bis hundert Kilometern Höhe in der Atmosphäre verglüht ist. Entwarnung also. Aber immer noch rufen Menschen bei der Polizei an, bei den Zeitungen, in den Radio- und Fernsehredaktionen. Müssen einfach erzählen. Von großen Glücksgefühlen, die das unerwartete Licht bei ihnen ausgelöst hat. Oder vom glatten Gegenteil: von Angst und von Panik. Experten werden befragt. Sie sagen, dass so eine besondere Lichterscheinung die Menschen existenziell berührt. Ganz tief drinnen etwas macht mit ihnen.

Existenziell berührt.

Wie damals auf den Hirtenfeldern, denkt Thomas Merz. Da ist auch auf einmal ein helles Licht in die dunkle und trübe Alltagsroutine der Hirten geplatzt. Und hat Angst und Schrecken verbreitet. Aber auch Freude und Glück. Sie waren wirklich existenziell berührt. Kann man nachlesen. Lukas 2. Damals ist ein Engel erschienen mit einer Ankündigung, die bis heute an jedem 24. Dezember in den Kirchen vorgelesen wird. Und nicht nur da. „Fürchtet euch nicht. Siehe, ich verkündige euch große Freude, die allem

Volk widerfahren wird. Denn euch ist heute der Heiland geboren, welcher ist Christus, der Herr, in der Stadt Davids!“

Existenziell berührt.

Wie damals die Weisen aus dem Morgenland, denkt Thomas Merz. Die sehen ein helles Licht am Himmel. Einen Stern vielleicht. Und wissen sofort: Etwas Besonderes ist geschehen. Etwas Außergewöhnliches. Sie müssen hin, koste es, was es wolle. Und sie machen sich auf eine lange beschwerliche Reise. Am Ende finden sie ein Kind in der Krippe und erfahren: „Euch ist heute der Heiland geboren!“

Existenziell berührt.

Wie irgendwann einmal, wenn dieses Kind aus der Krippe als göttlicher Herrscher zurückkommt auf die Erde, denkt Thomas Merz. Wie heute Morgen wird es vielleicht sein. Taghell mitten in der Dunkelheit. Und so ähnlich wie heute Morgen werden die Menschen wohl reagieren. Glücklich oder erschrocken. Und das hat dann etwas damit zu tun, ob sie sich über die Ankunft dieses Heilands freuen. Ob sie ihn kennen oder nicht. Ob sie sich von ihm beglückt oder bedroht fühlen.

Existenziell berührt.

Na ja, heute Morgen war's noch nicht so weit, lächelt Thomas Merz. Aber er kann sie nun ein bisschen besser verstehen, die Hirten und die Weisen. Und er weiß, dass er sich freuen möchte, wenn's eines Tages so weit sein wird und das Licht zurückkommt.

Die Autorinnen und Autoren

Ilse Ammann-Gebhardt, Pastorin und Autorin, u. a. Zauberhafte Weihnachtszeit

Karl-Heinz Becker, Redakteur und Autor, u. a. Hoffnung am Himmel

Rebecca Dernelle-Fischer, Psychologin und Autorin, www.dernelle-fischer.de

Thea Eichholz, Texterin, Komponistin und Kabarettistin, www.thea-eichholz.de

Albert Frey, Songwriter, Musiker und Musikproduzent, www.adams-frey.de

Albrecht Gralle, Theologe und Schriftsteller, www.albrechtgralle.de

Mathias Jeschke, Verlagslektor und Schriftsteller, www.mathiasjeschke.de

Tanja Jeschke, Schriftstellerin und Literaturkritikerin, www.tanjajeschke.de

Andreas Malessa, ARD-Hörfunkjournalist, Theologe, Autor, Referent, www.andreas-malessa.de

Titus Müller, Schriftsteller, titusmueller.de

Willi Näf, Autor, Redner, Erzähler, Satiriker, www.willinaef.ch

Eckart zur Nieden, Theologe, Journalist und Autor, u. a. Im Schatten des Tunnels

Susanne Ospelkaus, Autorin, Künstlerin, Lektorin, www.susanne-ospelkaus.com

Gerrit Pithan, Pädagoge und Schriftsteller, www.gerrit-pithan.de

Titus Reinmuth, Autor, Pfarrer, Stv. Ev. Rundfunkbeauftragter beim WDR, www.titus-reinmuth.net

Ursula Schröder, Romanautorin und Texterin, www.schroeder-kierspe.de

Manfred Siebald, Liedermacher, Literaturwissenschaftler und Autor, www.siebald.org

Fabian Vogt, Schriftsteller, Künstler, Theologe, www.fabianvogt.de

Johannes Warth, Ermutiger, Berater und Coach, www.johannes-warth.de

Jürgen Werth, Schriftsteller, Wortmaler und Erzählsänger, www.juergen-werth.de

Kai-Uwe Woytschak, Theologe, Rundfunkredakteur und Autor, u. a. in Kleine GlücksGeschichten

Christoph Zehendner, Liedermacher, Journalist und Theologe, www.christoph-zehendner.de

Schwester Teresa Zukic, Buchautorin und Referentin, Dipl. Religionspädagogin und Multitalent, www.schwester-teresa.de

Für Vielfahrer, Wenigleser und alle,
die sich gerne vorlesen lassen:

Das Hörbuch zum Buch:
24+2 WeihnachtsLichtGeschichten

Gesprochen von Ute Heuser-Ludwig
und Andreas Odrich

ISBN 978-3-7655-8720-7